RUMBA CHEZ LES ROUTIERS

SERIE L'IMPLACABLE

1. IMPLACABLEMENT VÔTRE
2. SAVOIR C'EST MOURIR
3. PUZZLE CHINOIS
4. L'HEROINE DE LA MAFIA
5. DOCTEUR SEISME
6. CONDITIONNE A MORT

RICHARD SAPIR
WARREN MURPHY

L'IMPLACABLE

RUMBA CHEZ LES ROUTIERS

Traduit de l'américain par Brigitte Sallebert

PLON

Titre original

UNION BUST

Maquette de couverture : Loris

I.S.B.N. : 2-259-00358-3

Edition originale :
I.S.B.N. : 0-523-00367-6
PINNACLE BOOKS, INC. NEW YORK
New York, N. Y. 10016

CHAPITRE PREMIER

Qu'allaient-ils pouvoir lui faire ? Le tuer ?

Jimmy McQuade avait poussé les gars de son équipe au maximum et il n'était pas question de leur imposer une heure de plus, même si le contremaître le lui demandait à genoux, même si le président du Syndicat des Travailleurs des Télécommunications menaçait de le foutre à la porte de l'organisation. Et même s'ils décidaient de tripler le tarif des heures supplémentaires, comme ils l'avaient déjà fait la semaine dernière, durant les fêtes de Pâques.

Son équipe s'endormait carrément. Il y a une demi-heure, un de ses meilleurs installateurs commit une erreur que même un débutant maladroit, aurait été incapable de faire et, maintenant, un autre vieux professionnel venait de tomber dans les pommes.

— C'est bon, on arrête, annonça Jimmy McQuade, le *shop steward*(1) de la cellule 238 du Syndicat des Travailleurs des Télécommunications à Chicago en Illinois.

— Rentrez dormir. Je ne veux plus vous voir pendant deux jours. Sinon votre paye d'heures supplémentaires ne profitera à personne...

(1) Représentant de syndicat, chargé des intérêts des ouvriers d'un atelier ou d'un secteur dans l'usine.

Des têtes se redressèrent. Un jeune homme, à genoux, continuait à travailler.

— On rentre roupiller. Secouez-le, ce garçon, ordonna Jimmy McQuade.

Un ouvrier aux cheveux grisonnants, une pelote de fils de téléphone autour du cou, saisit le jeune homme par l'épaule :

— On débraie.

Le jeune homme leva des yeux voilés de fatigue :

— Ouais, dodo. D'accord.

Il s'écroula sur sa boîte à outils et ronfla aussitôt.

— Faut le laisser, ici il peut dormir tranquille, fit Jimmy McQuade.

— Pas trop tôt, murmura un installateur en laissant tomber ses intruments par terre. Enjambant des poutrelles en acier et des sacs de ciment, il se dirigea vers le seau dont les hommes se servaient pour satisfaire leurs besoins.

La plomberie avait été bien installée, mais dans une telle hâte et par si peu d'ouvriers, que les toilettes n'avaient jamais fonctionné. Les murs, plâtrés la veille, s'écaillaient déjà par endroits.

Avertis, les responsables avaient fait venir des menuisiers avec des panneaux d'isorel pour réparer les dégâts. Les plâtriers ne s'y opposèrent pas officiellement. Mais Jimmy McQuade avait quand même appris que quelques-uns s'étaient plaints à leur syndicat. Cela leur avait valu de recevoir des enveloppes, les dédommageant des heures qu'ils ne feraient pas. C'était le même principe que pour les compositeurs dans les journaux lorsque les annonceurs remettent des documents déjà composés.

Mais contrairement aux compositeurs, les plâtriers, eux, n'avaient pas de telles clauses dans leur contrat. Tant mieux pour eux. De tout ça, Jimmy McQuade s'en fichait. Lui était dans les communications depuis déjà vingt-quatre ans. C'était un bon installateur, un bon chef de chantier et un bon syndicaliste. Les chefs de chantiers devenaient rarement des *stewards*. Mais les hommes avaient tellement confiance en Jimmy McQuade qu'ils exigèrent que le règlement de la cellule 282 soit modifié afin de lui permettre d'occuper les deux postes.

L'amendement fut voté à l'unanimité. Jimmy avait dû quitter la salle de réunion précipitamment pour que personne ne le voie pleurer. Il avait été heureux dans son travail jusqu'au moment où il commença à travailler sur ce chantier.

Tous les corps de métiers qui y participaient se plaignaient en douce; Jimmy le savait. C'était plutôt étrange, car tous recevaient beaucoup plus d'argent qu'ils n'en avaient jamais gagné. Quelques-uns des électriciens purent même s'acheter une résidence secondaire, juste avec ce boulot-là, grâce aux heures supplémentaires.

Un riche dingue avait décidé de se faire construire un immeuble de dix étages. En deux mois. Comme si cela ne suffisait pas, il le voulait équipé d'une installation téléphonique qui aurait largement suffi au quartier général de la défense aérienne nationale. Jimmy connaissait quelques types qui y avaient travaillé. A l'époque on les avait filtrés comme s'ils allaient recevoir les plans de la bombe hydrogène en mains propres.

D'ailleurs, Jimmy McQuade avait été, lui aussi, testé pour le job qu'il avait actuellement. Cela aurait dû lui mettre la puce à l'oreille, lui faire comprendre qu'il y avait quelque chose de tordu dans cette affaire. On l'avait transformé en *surveillant d'esclaves*, cravachant ses hommes plus de seize heures par jour, sans coupures, depuis maintenant près de deux semaines. Tout ça pour être dans les délais.

— On se fout que le reste ne soit pas prêt. Ils veulent

les téléphones. Et ils les auront. Les appareils doivent être branchés pour le 17 avril. Je me fous des dépenses et des problèmes que vous aurez pour y arriver. Je veux le tout installé pour le 17.

Voilà ce que l'on peut appeler du management. Il faut s'attendre à ce genre d'aberration de la part d'une société privée, mais c'est plutôt surprenant de constater que, tout compte fait, les syndicats sont pires.

Sur le moment, Jimmy McQuade n'avait pas compris qu'on allait le passer au crible. Le vice-président du Syndicat en personne l'avait invité à se rendre au quartier général à Washington.

Jimmy, flatté, avait pensé qu'on allait le nommer à un poste de responsabilité nationale.

— Je suppose que vous vous demandez pourquoi je vous ai fait venir, dit le vice-président international, assis derrière son bureau qui ressemblait étonnamment à celui de son homologue national de la compagnie du téléphone...

— Non, répondit Jimmy McQuade, j'ai pensé que nous allions jouer au trictrac en attendant l'été, et que cet automne on pourrait peut-être faire quelques parties de golf.

Le vice-président fit entendre un rire sonore. Sa joie semblait plutôt forcée.

— McQuade, êtes-vous un bon syndicaliste ?

— Je suis un *shop steward.*

— Aimez-vous votre syndicat ?

— Ouais, je crois bien.

— Vous croyez ! S'il vous fallait choisir entre lui et la prison, que feriez-vous ?

— Vous voulez savoir ce que je ferais si on s'attaquait à notre organisation syndicale ?

— Vous m'avez compris.

Jimmy McQuade réfléchit un instant.

— J'irais en prison.

— Pensez-vous que nos affaires syndicales regardent les autres ?

— Pas si nous ne faisons rien d'illégal.

— Je parle de faire passer des informations à l'extérieur.

— Ah non !

— Même si c'est pour une espèce de flic ?

— Ouais, même s'il s'agit des flics.

— Vous êtes donc un bon syndicaliste. D'ailleurs votre dossier est excellent. Il y a un job très important pour nous tous. Je ne peux pas vous dire comment ni pourquoi, mais c'est *important.* Et on ne tient pas trop à ce que ça se sache.

Jimmy McQuade acquiesça de la tête.

— Je veux que vous me sélectionniez une équipe de quinze hommes, de bons travailleurs et de bons syndicalistes, qui savent se taire. C'est un job qui nécessiterait plus d'hommes que ça, quinze c'est vraiment le minimum, pour terminer en temps voulu. Mais cette affaire doit rester secrète, moins il y a de gens dans le coup, mieux ça vaut. Si cela avait été possible, je l'aurais fait moi-même, ce boulot, mais je n'ai pas le temps. N'oubliez pas, prenez des hommes qui savent travailler et se taire. Vous pourrez leur dire qu'il y aura beaucoup d'heures supplémentaires et donc de l'argent à gagner. Je vous fais confiance.

Et joignant le geste à la parole, le vice-président sortit deux enveloppes d'un tiroir de son bureau. L'une plus épaisse que l'autre. Il tendit la première à Jimmy.

— Ceci est pour vous. J'ai toujours trouvé de bonne politique de ne jamais laisser les autres savoir ce que je gagne. Je vous conseille d'en faire autant. Il risque d'y avoir quelques petites frictions au début sur le chantier. Ensuite, sait-on jamais, ça peut dégénérer et devenir des problèmes réels. Cette seconde enveloppe est destinée aux hommes que vous choisirez. Vous leur en donnerez discrètement, sans le montrer aux autres.

— Ça me prendra environ deux semaines pour réunir une équipe convenable, fit remarquer Jimmy.

Le vice-président consulta sa montre.

— Vous avez une place de retenue sur le vol qui part de Dulles dans quarante minutes. Peut-être aurez-vous le temps de passer quelques coups de téléphone de l'aéroport, sinon vous pourrez le faire pendant le voyage.

— Mais on ne peut pas téléphoner d'un avion de ligne commerciale.

— C'est pas votre problème, faites-moi confiance, le pilote fera tout ce que vous lui demanderez. Et si cela ne vous fatigue pas trop, vous pouvez même vous envoyer une hôtesse. Vous commencez dès ce soir. Le chantier se trouve dans une petite ville de la banlieue de Chicago, dans Nuihc Street. Drôle de nom pour une rue, mais elle est nouvelle et fut baptisée par le constructeur. Pour le moment ce n'est d'ailleurs qu'un chemin de terre pour les bulldozers et les camions.

Le vice-président se leva et tendit la main à Jimmy McQuade :

— Bonne chance, on compte sur vous, et nous saurons vous récompenser lorsque vous aurez fini. Mais que diable êtes-vous en train de faire avec les enveloppes ?

Consterné, Jimmy contemplait les deux enveloppes.

— Vous n'allez tout de même pas sortir d'ici, avec ça dans la main, mettez-les dans votre poche voyons !

— Ah, murmura Jimmy, au fait je voulais vous dire, je suis sur un autre chantier en ce moment et la société...

— On a réglé le problème. Tout est arrangé. Dépêchez-vous, vous allez rater votre avion.

Dans le taxi qui l'emmenait à l'aéroport, Jimmy ouvrit les enveloppes. L'une contenait dix-sept mille cinq cents francs, c'était la sienne, et l'autre, celle des hommes, sept mille cinq cents francs. Impulsivement, il prit la décision de les intervertir, de donner la première à ses hommes et de garder la seconde pour lui. Après quoi, durant tout le trajet, il pesa le pour et le contre, la balance penchant d'abord en faveur des hommes, remontant ensuite pour se stabiliser en sa propre faveur, comme l'avait prévu le syndicat.

*
* *

Il voyageait en première classe et une fois installé, il demanda un verre de bourbon. Pas question de demander à l'hôtesse de le laisser téléphoner de la cabine de pilotage. Il passerait inévitablement pour un simple d'esprit. Regardant par le hublot, savourant son verre, une voix le fit sursauter :

— McQuade ?

— Oui, c'est moi.

— Qu'est-ce que vous attendez ? Nous avons établi la liaison avec la centrale téléphonique.

— Ah, dit Jimmy, j'attendais d'avoir fini mon verre.

— Ça coûte une fortune de garder la ligne ouverte. Emmenez votre verre avec vous.

— Dans la cabine de pilotage ?

— Oui. Dépêchez-vous. Non, après tout, vous avez raison, il vaut mieux pas.

— C'est bien ce que je pensais. C'est interdit.

— L'hôtesse vous l'apportera, c'est pas la peine de troubler les passagers.

*
* *

Lorsque l'équipe d'installateurs des lignes téléphoniques arriva sur le chantier à Nuihc Street, vers les deux heures du matin, ils ne trouvèrent que des poutres d'acier et des hommes travaillant sous des projecteurs.

Jimmy McQuade partit à la recherche du contremaître. Il le trouva en train de boire son café tout en engueulant un conducteur de grue.

— On ne peut rien voir avec votre toit à la con. Comment voulez-vous que je les pose, ces poutres? hurlait le grutier.

— Vous aurez de la lumière, lui renvoya le contremaître. Puis il se tourna vers Jimmy :

— Ouais, qu'est-ce que vous voulez ?

— Nous venons installer les lignes téléphoniques. On dirait qu'on est en avance de quatre mois.

— Non, vous êtes en retard.

— Où voulez-vous qu'on installe les lignes intérieures, dans le ciment ?

— Faites ce que vous pouvez. Vous avez les plans. Pourquoi ne pas faire courir les fils à l'extérieur ?

— La plupart de mes hommes sont qualifiés pour le travail intérieur.

— Eh bien, faites-les sortir, où est le problème ?

— Vous n'avez pas l'air d'y connaître grand-chose en téléphone, n'est-ce pas ?

— Je sais que ça doit fonctionner à partir du 17 avril. Pas besoin d'en savoir plus.

Confronté à ce premier problème, Jimmy avait appelé le responsable régional qui lui avait répondu que ce n'était pas ses oignons, qu'il n'avait qu'à contacter le vice-président à Washington. Ce dernier rétorqua que s'il lui avait filé de l'argent, ce n'était pas pour un job facile.

Deux semaines plus tard, un des hommes, travaillant sur le réseau intérieur, voulut laisser tomber. Il reçut immédiatement une enveloppe de Washington. Les autres eurent vent de l'affaire et menacèrent, eux aussi, de partir. Tout le monde reçut de l'argent.

Puis l'un d'eux laissa tomber pour de vrai. Jimmy lui

courut après, essayant de le faire changer d'avis. L'homme ne voulut rien savoir. Jimmy rappela le vice-président pour lui demander s'il pouvait embaucher quelqu'un d'autre.

— Qui est parti ? Comment s'appelle-t-il ?

— Johnny Delano, répondit McQuade.

On ne lui permit pas d'embaucher un remplaçant, et le déserteur ne revint jamais. C'est pourquoi lorsqu'un de ses meilleurs ouvriers commit cette erreur de débutant et qu'un autre installateur de lignes tomba dans les pommes, Jimmy décida que trop c'est trop.

Le gamin continua à dormir écroulé sur sa boîte à outils, alors que le reste de l'équipe se dirigeait vers les ascenceurs, espérant que cette fois-ci ils fonctionneraient.

Jimmy rentra chez lui retrouver sa femme qu'il voyait de moins en moins depuis qu'il travaillait sur ce chantier. Elle l'embrassa passionnément, renvoya les enfants dans leurs chambres et le déshabilla pleine d'impatience. Elle se lava soigneusement et s'aspergea d'un parfum qu'il aimait tout particulièrement.

Mais quand elle pénétra dans la chambre, son mari n'était plus qu'une masse écroulée ronflant béatement. Aucune importance : elle savait y faire. Lui mordillant l'oreille, elle glissa sa main le long de sa poitrine, descendant jusqu'à son bas ventre.

Pour toute réponse, elle ne reçut qu'un ronflement sonore.

Profondément déçue, elle renversa accidentellement un verre d'eau sur son visage. Rien à faire, il dormait toujours, le visage trempé.

Vers trois heures du matin, on sonna à la porte. Madame McQuade secoua son mari pour qu'il aille ouvrir. Il ne broncha pas.

Elle enfila sa robe de chambre en l'insultant, et alla voir ce que c'était.

— FBI, dit un homme tendant sa plaque d'identité. Peut-on voir votre mari ? Désolé de vous déranger à cette heure-ci, mais on a à lui parler. C'est urgent.

— Je ne peux pas le réveiller, répondit Mme McQuade.

— C'est urgent, insista l'homme.

— Que voulez-vous, en ce moment, il n'y a que ça, des urgences ; je n'ai pas dit que je ne *voulais* pas le réveiller, j'ai dit que je ne *pouvais* pas.

— Il est malade ?

— Il est mort de fatigue. Ça fait deux mois qu'il travaille sans une seule vraie nuit de sommeil.

— Justement c'est de ça qu'on veut lui parler.

Madame McQuade jeta un coup d'œil dans la rue pour vérifier que les voisins ne la verraient pas faire entrer les deux hommes à cette heure indue.

— On ne peut pas le réveiller, leur répéta-t-elle en les conduisant vers la chambre à coucher. Ils s'arrêtèrent discrètement à la porte. Il ne veut pas se réveiller, vous le voyez bien, insista-t-elle en secouant vigoureusement l'épaule de son mari.

Jimmy cligna des yeux.

— Qu'est-ce qui a ?

— C'est le FBI, ils veulent te parler.

— Dis aux gars de faire tout le travail qu'ils peuvent dehors, si c'est pas encore prêt à l'intérieur.

— Le FBI je te dis.

— Eh bien, demande à l'un des anciens. Fais pour le mieux. Pas de problèmes pour les pièces de rechange, il suffit de les commander.

— Le FBI est venu pour te mettre sur la chaise électrique !

— O.K. C'est bien, dit Jimmy replongeant dans son profond sommeil.

— Vous voyez bien, fit remarquer Madame McQuade, sans cacher sa satisfaction.

— Essayez encore, s'il vous plaît, insista l'un des hommes.

Madame McQuade s'exécuta pinçant vigoureusement le bras de son mari.

— Bon d'accord, au boulot, balbutia Jimmy McQuade. Il sortit du lit en titubant. Les yeux à peine ouverts, il vit deux hommes... sans outils. Et ne trouvant rien dans la pièce qui nécessite un raccordement quelconque, il réalisa enfin qu'il ne se trouvait pas sur le chantier. « Je suis sûrement à la maison », pensa-t-il.

— Bonjour chérie. Qui sont ces deux hommes ?

— Nous sommes du FBI, McQuade, et nous voudrions te parler.

— Ah ! s'exclama Jimmy. Je vous écoute.

— Je vais vous faire du café, intervint Madame McQuade.

— Il se passe des choses intéressantes sur votre chantier, n'est-ce pas ?

— C'est un boulot comme un autre, répondit Jimmy.

— On aurait tendance à croire qu'il s'agit d'un boulot plutôt *spécial.* Et on voudrait que vous nous aidiez à comprendre.

— Ecoutez, je suis un bon citoyen, mais je suis aussi un bon syndicaliste.

— Et Johnny Delano, c'était un bon syndicaliste ?

— Ouais.

— Quand il a démissionné, il n'avait pas changé, il était toujours un bon syndicaliste ?

— S'il s'est tiré c'est parce qu'il n'en pouvait plus, c'est tout. Mais il reste un bon syndicaliste.

Tout en approuvant de la tête, l'un des agents posa une photo sur la table en formica, entre les tasses de café.

Jimmy McQuade la regarda, perplexe :

— Ce n'est qu'un tas de boue. Quel intérêt ?

— Ce tas s'appelle Johnny Delano, répondit l'homme du FBI.

Jimmy McQuade y regarda de plus près.

— Oh non, gémit-il.

— On a pu l'identifier parce qu'il lui restait un doigt. Même les dents avaient été écrasées. Vous savez combien les dents nous sont utiles dans ces cas-là. Le corps a été broyé et dissout en même temps. Notre laboratoire n'y comprend rien. Nous non plus, d'ailleurs. Il n'y avait que ce doigt d'intact. Vous pouvez le voir, là, sur la photo, on dirait une petite bosse.

— O.K. j'ai compris, pas besoin de détails. Que me voulez-vous ?

— D'abord j'aimerais préciser que nous n'avons rien contre les syndicats, que nous n'avons pas l'intention de nous mêler de leurs affaires. Mais le vôtre est en train de manigancer quelque chose qui fera du tort à ses membres. Nous avons des raisons de penser, preuves à l'appui, que votre syndicat avec d'autres, plus précisément, l'International des routiers, l'Association des pilotes de lignes, l'Union des travailleurs du chemin de fer et l'International des dockers s'apprêtent à porter un coup sérieux aux institutions de notre pays.

— Je n'ai jamais voulu nuire à mon pays, dit Jimmy McQuade avec sincérité.

Les agents du FBI l'interrogèrent jusqu'à l'aube et réussirent à lui arracher la promesse de remplacer deux membres de son équipe par deux hommes plus frais.

— Ça sera dangereux, observa Jimmy.

— C'est possible...

— Je n'ai jamais voulu faire de mal à personne. J'ai toujours pensé que les syndicats protégeaient les travailleurs.

— C'est également notre opinion. Mais dans ce cas précis, il s'agit d'autre chose.

— Nous retournons sur le chantier demain.

— Vous allez y retourner aujourd'hui même.

— Mes hommes sont épuisés.

— Ce n'est pas nous qui vous y obligeons. Voici un numéro de téléphone où vous pourrez nous joindre dès que vous aurez réuni votre équipe. Mais attention, votre équipe, moins deux de ses membres.

Les agents du FBI avaient eu raison. Sur le coup de dix heures, ce matin-là, le vice-président des Syndicats des Télécommunications sonna chez Jimmy McQuade.

— Qu'est-ce que vous foutez ? Vous tirez au flanc espèce de salaud !

— Tirer au flanc ? Mes hommes sont morts de fatigue.

— Ce sont des mous. Il faut qu'ils se durcissent.

— Ils se sont liquéfiés sur ce chantier.

— Je ne veux pas le savoir, vous les ramènerez dare-dare, sinon tant pis pour vous.

Ayant très bien compris l'allusion de son vice-président, Jimmy se dépêcha de rameuter ses hommes.

Deux membres de son équipe passaient beaucoup plus de temps à se balader qu'à raccorder des lignes. Leur boîte à outils contenait une caméra 35 mm avec un téléobjectif. Le travail avançait raisonnablement, vu que Jimmy avait deux spécialistes en moins. Vers midi, il scinda son équipe en deux, renvoyant une partie se reposer pendant huit heures.

Les deux hommes qui circulaient beaucoup, bavardant à gauche et à droite avec les ouvriers, faisaient partie du premier groupe. La dernière fois qu'on les vit, ils prenaient l'ascenseur.

Quelques heures plus tard, le chef de chantier interpella Jimmy :

— Venez avec moi.

Ils empruntèrent un ascenseur interdit aux ouvriers. Le chef de chantier appuya sur plusieurs boutons et Jimmy se demanda qui d'autre allait les rejoindre.

Mais l'ascenseur ne s'arrêta pas et descendit au-delà du troisième sous-sol. Jimmy commença à paniquer :

— Ecoutez, le boulot sera fait, ne vous en faites pas, je vous le promets.

— Bien McQuade, je suis sûr qu'on peut vous faire confiance.

— Ne vous inquiétez pas, je m'y connais, je suis le meilleur chef d'équipe dans toute la profession.

— Je sais, McQuade, c'est pourquoi on vous a choisi.

Jimmy sourit, momentanément rassuré. La porte de l'ascenseur s'ouvrit sur une pièce gigantesque, haute de deux étages avec, sur les murs, d'énormes cartes des Etats-Unis.

— Ça alors ! s'exclama Jimmy.

— Pas mal, hein ?

— Sûr, dit Jimmy admiratif, mais il y a quelque chose qui me gêne.

— Quoi ?

Jimmy désigna du doigt des lettres de cuivre très hautes qui se découpaient au bas de la carte.

— Je n'ai jamais entendu parler de « L'Association Internationale des Transporteurs ».

— C'est un syndicat.

— Je n'ai jamais entendu parler de ce syndicat.

— Il n'existera qu'à partir du 17 avril. Ce sera le plus grand syndicat du monde.

— J'aimerais bien voir ça.

— Eh bien ce ne sera pas facile, voyez-vous, McQuade, d'ici une dizaine de minutes vous ne serez plus qu'une grosse flaque.

*
* *

Le secrétaire d'Etat au Travail et le directeur du FBI venaient de finir leurs rapports. Le Président les avait écoutés attentivement. Les trois hommes étaient assis dans le Salon Ovale.

Le secrétaire d'Etat au travail prit la parole :

— Je crois honnêtement qu'une organisation réunissant les principaux syndicats de transporteurs est une aberration. C'est en effet impossible aux Etats-Unis.

Le directeur du FBI farfouillait dans ses papiers pendant que l'autre continuait :

« Cela me semble d'autant plus impossible que les routiers, les pilotes, les dockers, et les conducteurs de locomotive ont très peu d'intérêts en commun. En d'autres termes, ils travaillent pour des employeurs différents. En outre, j'imagine difficilement que quatre présidents de syndicats entièrement autonomes puissent renoncer au pouvoir et à la liberté d'action de leur plein gré. N'oubliez pas non plus que l'échelle des salaires, dans les divers secteurs des transports, n'est pas du tout la même. Un pilote gagne facilement trois fois plus que les autres. Leurs adhérents ne suivront pas. D'ailleurs les routiers, que je connais bien, sont des individualistes farouches, ils se sont même retirés de l'AFL - CIO.

— On les a plutôt foutus dehors, non ? remarqua le directeur du FBI.

Le Président leva la main :

— Laissez le Secrétaire d'Etat terminer.

— Légalement, on les a foutus dehors, mais en vérité ils se sont retirés. On leur avait dit de faire certaines choses, ou ils risquaient l'expulsion. Ils ont refusé, le reste ne fut plus qu'une question de formalités. C'est une race d'indépendants. Personne n'arrivera à persuader l'Internationale des Routiers de s'associer à un autre syndicat.

Le président ferma les yeux pour réfléchir. La pièce était fraîche, la température maintenue constante par un système de thermostat réglé tous les quatre ans.

parfois tous les huit ans, pour satisfaire le nouvel occupant de la Maison-Blanche.

— Et si c'est le syndicat des Routiers qui est derrière tout ça ?

— Impossible. J'en connais personnellement le président actuel, et croyez-moi, personne, même pas nous, ne pourrait le persuader de remettre en cause sa liberté d'action.

— Et qu'arrive-t-il s'il n'est pas réélu lors des prochaines élections ?

— Oh, il sera réélu. Il a, excusez-moi l'expression, tous les atouts en main.

— S'il a tous les atouts, comment se fait-il que la convention ait été mutée à Chicago au dernier moment ? La mi-avril n'y est pas une époque particulièrement agréable. Si vous me permettez *Avril à Chicago* (1), ça ne se chante pas.

— Ces choses-là arrivent, fit remarquer le secrétaire d'Etat.

— Mais nous savons tous que le président des routiers tenait particulièrement à Miami. Il ne l'a pas obtenu. On parla alors de Las Vegas, puis au cours d'une réunion où assistaient des responsables locaux et régionaux, Chicago fut choisi. Maintenant, dites-moi, ce qui se passerait s'il se créait un super-syndicat des transporteurs ?

— Dramatique, répondit aussitôt le secrétaire d'Etat, je vous dirais même catastrophique. Un vrai désastre. Et si vous m'accordez du temps pour approfondir la question, je vous dirais probablement que ce serait pire que désastreux. Le pays n'aurait plus qu'à fermer boutique. Nous subirions une grave crise alimentaire et énergétique. Des vagues d'emprunts submergeraient les banques pour soutenir des affaires stagnantes. Une dépression

(1) Allusion à la très célèbre chanson : April in Paris.

inégalée, due à la fermeture des usines paralysées, au chômage et à l'inflation, cause de la rareté des biens de consommation, s'abattraient sur le pays. Ce serait un peu comme si nous bloquions les artères du corps humain, arrêtant ainsi l'écoulement du sang. Si tous les syndicats se mettent en grève en même temps, le pays se transforme en zone sinistrée.

— Pensez-vous que si vous étiez à la tête de ce super-syndicat vous pourriez obtenir tout ce que vous voulez pour vos adhérents ?

— Bien sûr, ce serait comme si j'appuyais un revolver sur la tempe de chaque citoyen de ce pays. D'ailleurs devant un tel événement, le Congrès serait bien forcé de modifier les lois syndicales.

— Le Congrès voterait une loi qui dissoudrait le syndicalisme et interdirait les revendications collectives, n'est-ce pas monsieur le secrétaire ?

— Probablement monsieur.

— Par conséquent, cette situation est hautement indésirable, car de toute façon, elle mènerait à une catastrophe.

— Elle est aussi indésirable qu'elle est improbable.

— Pas si improbable que ça, d'après le FBI, monsieur le secrétaire, répliqua le Président. Il existe des liens financiers importants entre les dirigeants des pilotes, des dockers, des conducteurs de train et de certains membres dissidents chez les routiers. Ces liens sont apparus il y a environ deux mois. Ce sont ces mêmes éléments dissidents chez les routiers qui ont obtenu que Chicago soit la ville retenue pour la convention. C'est encore les mêmes qui ont engagé d'énormes capitaux dans la construction d'une tour dans la proche banlieue de Chicago. Le projet semble démesuré, en outre, ils se sont imposé des délais draconiens pour la fin des travaux. Nous ne savons pas encore très bien d'où leur vient cet argent, ni comment ils se débrouillent pour mener leur affaire sans provoquer le moindre remous. Nous avons fouillé l'immeuble et continuons à le faire. Il n'y a pas encore de preuves, mais il semblerait que deux de nos agents y sont morts, leurs corps restent introuvables. Nous avons une petite idée de la manière dont ils ont disparu, mais rien de concret à ce jour.

— Le problème me semble donc réglé, aucun super-syndicat futur ne peut survivre à l'assassinat de deux agents du FBI. Vous n'avez qu'à inculper tous les dirigeants, et votre super-syndicat s'effondre.

— Vous semblez oublier les jurés, monsieur le secrétaire, et nous avons besoin de preuves pour inculper. Preuves que nous ne possédons pas.

— Vous avez raison, c'est pas si simple, en effet. Vendredi prochain je dois prononcer un discours à la séance de clôture de la convention. Je ne sais plus si je dois toujours y aller. Les présidents des autres syndicats de transports seront présents, mais je n'ai aucune idée de ce qui se prépare.

— Faites votre discours comme prévu, dit le Président. Faites comme si de rien n'était. Comme si vous n'étiez pas au courant de ce qui se trame. D'ailleurs, je vous demande d'être discrets sur notre entretien d'aujourd'hui. Et se tournant vers le directeur du FBI, le Président continua :

— Je veux que vous retiriez tous vos hommes de cette affaire.

— Comment ! s'écria le directeur incrédule.

— Oui, retirez vos hommes, oubliez cette affaire et n'en parlez à personne.

— Mais nous y avons perdu deux agents !

— Je sais. Faites ce que je vous dis. Rassurez-vous, tout sera pour le mieux.

— Et dans mon rapport au procureur général, comment vais-je expliquer la mort de mes deux agents tout en abandonnant l'enquête ?

— Vous ne ferez pas de rapport. J'aimerais pouvoir vous expliquer, mais je ne le peux pas. Vous devez me faire confiance.

— Il faut que je m'occupe de mes hommes, Monsieur le Président. Ils ne comprendront pas. La perte de deux de leurs compagnons leur restera en travers de la gorge.

— Faites-moi confiance. Croyez-moi, je sais ce que je fais.

— Bien Monsieur le président, acquiesça le directeur du FBI.

Après le départ des deux hommes, le Président quitta le Salon Ovale et se dirigea vers sa chambre à coucher. Il vérifia qu'il n'y avait personne dans les environs, ni valet ni femme de chambre. Sûr d'être seul, il sortit une clef de sa poche et ouvrit le tiroir supérieur de sa commode, d'où il retira un téléphone rouge. L'appareil n'avait pas de cadran, juste un bouton. Il consulta sa montre. Son « contact » devait être là. Il appuya sur le bouton, une sonnerie retentit dans l'appareil, et une voix répondit :

— Une seconde s'il vous plaît. Merci messieurs, ce sera tout pour aujourd'hui. Vous pouvez disposer.

Le Président entendit d'autres voix objecter au sujet d'un malade récemment hospitalisé. Mais la première voix était ferme. « Il » voulait être seul.

— Ce que vous pouvez être mal élevé, docteur Smith, protesta une des voix.

— En effet, constata le docteur Smith.

Le Président entendit un bruit de chaises, puis une porte se refermer.

— Je vous écoute, dit Smith dans l'appareil.

— Vous êtes probablement plus au courant que moi, mais je crains que nous soyons confrontés avec des ennuis sérieux du côté des syndicats.

— Oui, je suis au courant, l'Association Internationale des Transporteurs.

— Je n'en ai jamais entendu parler.

— Vous n'en entendrez jamais parler si tout se passe comme prévu.

— Il s'agit d'un regroupement de tous les syndicats en un seul, n'est-ce pas ?

— C'est exact.

— Donc vous êtes déjà sur l'affaire.

— Oui.

— Ferez-vous appel à cet *homme mystérieux ?*

— Il est en état d'alerte.

— Cette histoire est suffisamment grave pour justifier sa mise en action.

— Monsieur, il n'y a aucune raison de continuer cette conversation même sur une ligne aussi sûre que celle-ci. Au revoir.

Surpris, mais rassuré, le Président raccrocha à son tour. Il rangea soigneusement son téléphone et retourna à d'autres affaires moins inquiétantes pour l'avenir de son pays.

CHAPITRE II

Il s'appelait Remo, et il plaignit vaguement l'homme qui avait installé ce système de détection — si facilement détectable — autour de sa superbe propriété près de Tucson au Texas. Le piège mortel, qui avait été conçu avec tant de sérieux, tant d'application, ne fut pourtant qu'un bide minable. Et, parce que le propriétaire ne le savait pas, il allait mourir ce jour-même, de préférence avant 12 h 05, car Remo devait être rapidement de retour à Tucson où il avait des affaires importantes à régler.

Les rayons électroniques, fonctionnant plus ou moins comme un radar, étaient habilement dissimulés et semblaient couvrir un angle de 360 degrés, ce qui est censé donner la sécurité maximum. Il n'y avait pas de taillis dans le jardin pouvant servir de protection à d'éventuels assaillants. Et pour finir, la maison construite de manière à former un X ne devait rien à l'excentricité de l'architecte. C'était tout simplement une astuce pour permettre un tir croisé. La propriété, plutôt petite mais élégante, était en réalité une forteresse qui pouvait arrêter un tueur de la pègre, ou si cela devenait nécessaire, retarder un shérif — même accompagné de solides gaillards en uniforme. Il y avait néanmoins très peu de chance qu'un shérif ou un policier de l'Etat assiège un jour cette résidence des environs de Tucson.

Tout avait donc été conçu pour parer à une attaque surprise. Tout, sauf un détail. Le cas d'un homme, empli de mauvaises intentions, se présentant simplement au portail principal, appuyant sur la sonnette, attendant patiemment qu'on lui ouvre. Voilà ce que fit Remo. Car qui aurait peur d'un homme seul, remontant l'allée en sifflotant ?

Bien sûr, si James Thurgood n'avait pas été un si brillant homme d'affaires, il aurait certainement vécu au-delà de midi. Mais d'un autre côté, s'il n'avait pas aussi bien réussi, il aurait passé chaque midi de sa vie derrière les barreaux d'une prison fédérale.

James Thurgood était président du Rotary de Tucson, de la Ligue Civique, membre du Comité Présidentiel sur la Condition Physique et vice-président de la Commission des Droits Civils. Mais il était aussi et surtout un des plus gros investisseurs du Texas.

Il faisait trop de bénéfices. Après une série d'opérations destinées à brouiller les pistes, son argent aboutissait dans le trafic de l'héroïne à un rythme de trois cent millions de dollars par an. Cela lui rapportait un intérêt sur le capital largement supérieur à un investissement immobilier ou pétrochimique. Et jusqu'à ce jour tout aussi sûr.

Entre Thurgood et le drogué du coin, il y avait toute une série d'intermédiaires, à commencer par la *First Dallas Savings and Development Corporation* qui accordait des capitaux considérables à la *Denver Consolidated Affiliates* qui, à son tour, se spécialisait dans des emprunts aux particuliers ayant un besoin pressant de liquidités importantes. Récemment, cela avait été le cas de Rocco Scallfazo. Ce dernier n'avait aucune garantie à offrir. N'ayant jamais auparavant emprunté de l'argent, ses références bancaires étaient inexistantes, en tout cas, ni bonnes ni mauvaises. La *Denver Consolidated* n'en avait cure, et prit un risque là où d'autres sociétés se seraient abstenues.

Et elle prêta, sur simple signature, quarante millions de francs à Scallfazo.

La *Denver Consolidated* ne récupéra jamais son argent. Mais Scallfazo fut ramassé un peu plus tard avec une valise pleine de devises, alors qu'il essayait d'acheter de l'héroïne pure au Mexique. Pas échaudée pour autant, l'intrépide société accorda un prêt du même montant, à un certain Jeremy Wills qui, lui aussi, fut arrêté avec, à la place de l'argent, une malle bourrée d'héroïne. On arrivait souvent à prendre les Scallfazo ou les Wills, mais il était impossible de remonter la filière jusqu'à la *First Dallas Savings and Development Corporation* et d'inculper, preuves à l'appui, son président James Thurgood. Il n'y avait aucun moyen d'amener le premier citoyen de Tucson devant un tribunal.

Remo récapitulait tous ces faits en remontant tranquillement l'allée. C'était un homme d'un mètre quatre-vingt, aux yeux marron sympathiques, aux pommettes saillantes, plutôt mince, si ce n'était pour ses poignets anormalement épais, son pas était souple et il balançait doucement ses bras en marchant.

Arrivé près de la porte d'entrée, il jeta d'abord un coup d'œil en direction de la fenêtre de la cuisine, ensuite il dirigea son regard vers celle du salon. Il était exactement dans l'axe de ces deux fenêtres et constata qu'on le surveillait. Parfait. Il avait horreur d'attendre devant une porte close.

Il consulta sa montre : onze heures quarante-cinq et calcula qu'il lui faudrait bien un quart d'heure pour rentrer à pied en ville. Une petite sieste en arrivant, et il serait prêt à retravailler en début d'après-midi. Il ne connaissait toujours pas les devoirs d'un délégué syndical, ni les points essentiels de la Loi Landrum-Griffin, or

« le sommet » lui avait bien fait comprendre qu'il devait être prêt rapidement pour quelque chose de très important. « Le sommet » lui avait même dit de laisser tomber l'affaire Thurgood si cela demandait trop de temps et l'empêcherait d'approfondir.

— Je vais juste faire ce coup, avait répondu Remo, ça me changera les idées.

C'est pourquoi il se trouvait maintenant devant la porte de cette maison en forme d'X avec deux hommes le surveillant, chacun de sa fenêtre, à gauche et à droite. Il retira de la poche de sa veste deux paquets de la taille d'une balle de baseball écrasée. C'était de l'héroïne qu'il avait demandé que le « sommet » lui fournisse pour faciliter sa retraite. En effet, si tout allait bien, il pourrait quitter cette maison aussi calmement et lentement qu'il y était arrivé, sans que quiconque n'avertisse la police. Et de plus, ce qui n'est pas négligeable, il pouvait faire son coup en pleine journée, et ainsi ne pas empiéter sur son sommeil. Après tout, quand on peut diminuer le désagrément de ces petites corvées, pourquoi ne pas en profiter ?

Remo sonna et, nettement, il sentit les quatre yeux peser sur lui. La porte s'ouvrit sur un homme en veste blanche, un petit revolver, probablement un Beretta calibre 24, bien dissimulé sous son aisselle.

— Oui ? dit la veste blanche.

— Bonjour, répondit Remo, je suis venu tuer Mr. Thurgood. Est-il chez lui ?

Le maître d'hôtel parut surpris.

— Pardon ?

— Je suis venu tuer Mr. Thurgood, voudriez-vous me laisser entrer s'il vous plaît ?

— Vous êtes fou !

— Ecoutez, je suis pressé.

— Vous êtes fou !

— Vous avez peut-être raison, mais je ne peux pas

exécuter mon travail d'ici, alors soyez gentil, laissez-moi entrer.

— Vous désirez peut-être un verre d'eau ou quelque chose, monsieur ?

Remo plaça les deux paquets d'héroïne dans sa main gauche, et, constatant que les yeux du maître d'hôtel suivaient son geste, le frappa à la gorge de sa main droite. Sa main plate et tranchante comme un couteau était partie aussi rapidement que la langue d'une grenouille attrapant un moucheron. La veste blanche eut un regard étonné et porta la main à sa gorge. Le malheureux ouvrit la bouche qui se remplit aussitôt de sang. Il fit entendre un gargouillis très doux et s'écroula.

— Vraiment, le personnel n'est plus ce qu'il était, remarqua Remo avec un profond mépris, enjambant le cadavre en pénétrant dans la maison. C'était une demeure superbe avec un immense salon en contrebas, un sol en pierre cirée, et de très beaux tableaux aussi nombreux que dans un musée. Un ensemble très réussi.

Une femme de chambre découvrant le corps de son collègue laissa tomber son plateau en criant d'horreur. L'homme, qui avait surveillé l'approche de Remo par la fenêtre du salon, surgit pistolet au poing. C'était un gros calibre, probablement un Magnum 357. « Stupide, pensa Remo, il aurait dû profiter de la distance et tirer. » Cela n'aurait rien changé, mais au moins, il serait mort en ayant fait un usage convenable de son arme.

L'homme ne devait pas encore savoir que le maître d'hôtel, la trachée écrasée, gisait mort étranglé par son propre sang. Remo fit tomber son arme en lui assenant une manchette sur le poignet. Profitant de sa lancée, il lui cassa le nez avec le coude, provoquant une projection d'os dans le cerveau. Ce fut terminé en deux, trois mouvements, l'homme tomba en avant comme un paquet d'asperges mouillées. Plop !

— Monsieur Thurgood, nous sommes attaqués ! retentit une voix.

Remo jeta un regard vers le couloir de gauche, et vit disparaître un chapeau de cow-boy. L'effet de surprise était un peu loupé.

— Combien sont-ils ? demanda une autre voix profonde et résonnante avec un léger accent de Boston. Remo reconnut la voix de Thurgood, qu'il avait entendue sur les bandes que « le sommet » lui avait fait parvenir.

— Un seul homme, monsieur, c'est pour ça qu'on l'a laissé passer.

— Nom d'un chien, pourquoi le maître d'hôtel ne l'a-t-il pas arrêté ?

— Il est mort monsieur.

Thurgood et l'homme au chapeau de cow-boy se parlaient de toute évidence d'une aile à l'autre de la maison.

— Allez sortez, sortez de vos cachettes, plaisanta Remo.

— Qui est-ce ? demanda Thurgood.

— Votre gentil petit assassin de quartier, répondit Remo.

— L'homme est fou.

Remo se glissa le long du couloir et remarqua qu'une porte bougeait très légèrement, presque un frémissement. Le cow-boy n'avait pas disparu par là, c'était donc Thurgood qui se cachait derrière. Elle était très légèrement entrouverte, Remo avança silencieusement le long du mur, hors du champ de vision de la fente, il tendit une main le plus possible en avant et frappa rapidement la porte. Deux fois.

Deux coups de feu traversèrent le bois pour aller s'enfoncer dans le mur d'en face, y laissant des trous de la taille d'un pamplemousse. Joli dessin.

— Ouille, cria Remo s'écroulant par terre au

deuxième coup de feu. Il tira sa langue autant qu'il le pouvait et roula ses yeux afin de n'en montrer que le blanc. Il entendit la porte à côté de lui s'ouvrir.

— Je l'ai eu, constata Thurgood.

Des pas retentirent dans le couloir, puis Remo sentit quelque chose de froid et métallique s'appuyer contre sa tempe. « Trop lourd pour un pistolet, » pensa-t-il. Puis, il sentit une odeur de cuir de chaussures avec un peu de bouse de vache dessus ; le sol glacial contre son dos ; une présence près de sa hanche ; une autre au-dessus de son épaule droite ; un genou écraser sa poitrine.

— Il respire encore, mais très faiblement. Beau coup monsieur.

— Où est-ce que je l'ai touché ?

— Je ne sais pas, je ne vois pas de trace de balle. Qu'allons nous dire au shérif, Mr. Thurgood ?

— Que voulez-vous que je lui dise ? J'ai tiré sur un maraudeur !

— Il a quelque chose dans la main.

Remo sentit qu'on lui dépliait les doigts pour lui retirer les deux sachets d'héroïne.

— On dirait bien que c'est de l'héroïne. Oui ça en est.

— Merde !

— On a qu'à dire qu'il l'avait sur lui, monsieur Thurgood, après tout c'est la vérité.

— Non. Jetez-la dans les toilettes.

— Y en a au moins pour trente mille dollars.

— Fais la disparaître dans les toilettes imbécile ! Je suis un banquier respectable.

— Oui m'sieur.

Remo sentit le canon du revolver trembloter. Il ne pouvait plus attendre. Son pouce droit jaillit en l'air, détournant le canon au même moment où une balle s'enfonçait dans le sol. Suivant l'impulsion de sa main, son corps se releva d'un mouvement souple, sa main gauche, fulgurante tel un ressort volant, frappa le visage distingué du premier homme d'affaires de Tucson. Comme un boulet. Splash !

— Euh, fit Thurgood sous le choc.

Pivotant sur lui même, Remo amena son coude à l'endroit où devait se trouver le cow-boy. Il y était. Le coude percuta l'aisselle, la détachant du corps et alla s'enfoncer dans la clavicule qui craqua. Le cow-boy au chapeau et à l'odeur de bouse de vache percuta le mur d'en face.

Remo vérifia le couloir, personne. Il se tourna vers le banquier.

— Avec les compliments de la génération des drogués, salua Remo, en lui enfonçant deux doigts dans les testicules, les faisant remonter jusqu'aux poumons. En chemin, elles emportèrent des morceaux d'intestins qui jaillirent par paquets sanguinolents de la bouche du premier citoyen de Tucson, l'intouchable financier de l'héroïne. Thurgood tomba en avant. Il passa les dernières vingt secondes de sa vie dans une agonie toute particulière.

Remo chercha autour de lui les sachets d'héroïne. « Le cow-boy n'a pas encore rendu l'âme » pensa-t-il. Quand il le souleva, ce dernier émit un hurlement déchirant. Ayant enfin retrouvé l'héroïne, il en aspergea le cow-boy et attendit qu'il reprenne ses esprits. Il lui mit alors la poudre sous le nez :

— Je crois que vous avez intérêt à nettoyer tout ça avant d'appeler la police.

Il déchira le second sachet et en vida le contenu le long du couloir jusque dans le salon, où il saupoudra généreusement la moquette luxueuse, y enfonçant la drogue compromettante avec ses talons. Il balança les emballages vides sur un canapé et se dirigea d'un pas nonchalant vers la porte :

— Salut, bande de petits merdeux, leur lança-t-il en

guise d'adieu, puis il quitta la résidence en forme d'X, véritable forteresse au talon d'Achille.

*
* *

C'était une journée superbe. Le ciel clair et l'air frais rendaient la promenade de retour à Tucson bien agréable. Arrivé aux portes de la ville, Remo commençait à avoir sérieusement faim et soif. Il s'arrêta dans une cafétéria et commanda un coca-cola avec deux hamburgers garnis.

Attendant qu'on lui apporte sa commande, il passa en revue ses lectures de la matinée sur les négociations syndicales. Un événement important allait avoir lieu à Chicago. Quelque chose se rapportant au mouvement syndical, c'est tout ce que « le sommet » lui avait fourni comme indications à ce jour.

Remo remit du ketchup sur ses hamburgers et les avala en quatre bouchées, les faisant passer avec de grosses gorgées de coca-cola.

En s'essuyant la bouche, il eut des sensations bizarres. Un engourdissement le prenait, remontant de son bras jusqu'au cou, puis lui paralysant le visage.

Il entendit une femme hurler, la cafétéria se mit à tourner et il sombra dans la nuit.

CHAPITRE III

« L'INTERNATIONALE DES ROUTIERS VOUS SOUHAITE LA BIENVENUE »

La banderole portée par les courants d'air flottait au-dessus de la salle de convention déserte. Deux hommes se tenaient debout sur le podium, l'un regardait la banderole, l'autre observait son compagnon d'un air très inquiet.

D'ici quelques heures ces rangées de chaises vides seraient occupées par des costauds, le genre d'homme qui peut conduire d'imposantes machines. Avec eux, leurs délégués, ceux qui les manipulent et les dirigent.

Il s'agissait d'une manifestation gigantesque, ce qui est d'ailleurs toujours le cas quand il s'agit de conventions.

Les délégués syndicaux étaient des bons vivants et c'est avec une profonde déception qu'ils apprirent que la convention n'aurait pas lieu, comme d'habitude, à Las Vegas ou à Miami, villes où l'on peut s'amuser énormément. Le choix de Chicago ne présentait aucun intérêt. Ils savaient qui était responsable de cette décision et certains d'entre eux étaient furieux.

Mais ni leur colère, ni la nervosité de son second ne dérangeaient le président de la cellule 873 de Nashville Tenessee.

Il était plongé dans des réflexions concernant les courants d'air qui faisaient bouger la banderole.

— Je me demande d'où viennent ces courants d'air, rêva Eugène Jethro, je me demande au fond si ce n'est pas tout simplement une force interne, inconnue de nous, qui fait onduler cette banderole.

C'était un jeune homme approchant de la trentaine, blond, aux longs cheveux bouclés, retombant sur un costume de velours vert. Ils le trouvaient tous trop jeune pour être président d'une cellule locale de camionneurs, de plus il faisait trop mode, pas vraiment sérieux et puis il affichait un mépris complet des vieilles traditions. Ce qui ne l'empêchait pas d'être là, et d'être un des candidats à l'élection pour la présidence de l'Internationale des Routiers.

— Comment peux-tu t'intéresser à la banderole, alors que l'ouverture de la convention a lieu dans trois heures et qu'on va se faire bouffer tout crus ? dit Sigmund Negronski, vice-président de la cellule 873 de Nashville, véritable armoire à glace, court sur pattes, avec des avant-bras comme des quilles de bowling. Si on gagne pas l'élection, on va se retrouver en tôle.

Gene Jethro prit un air pensif en se caressant le menton :

— Je me demande si on pourrait faire flotter cette banderole dans un sens ou dans un autre par pure suggestion ? La discipline de l'esprit sur l'essence de la matière.

— Gene, laisse tomber veux-tu. On doit finir la mise au point de notre plan stratégique.

— C'est déjà fait.

— J'ai peur, écoute, j'ai peur. On a dépensé de l'argent qu'on n'a pas, fait des accords qu'on peut pas tenir. On a promis certaines choses à des gens qui ne plaisantent pas. Si tu n'es pas élu, on va se retrouver derrière les barreaux. Et encore... si on a de la chance.

— La chance n'a rien à voir avec ça, Siggy ! répondit Jethro lui adressant son célèbre sourire large et dynamique, le sourire qui avait séduit les mass média et agacé les autres dirigeants du syndicat. C'était une grimace à la Kennedy, trop politique. Les conducteurs sont des costauds qui travaillent dur pour leur argent et qui se méfient de la grandiloquence, et du tape-à-l'œil. Or, Gene Jethro avait les deux. En trois mois, il en avait parcouru du chemin et le voilà un élément puissant de la Confrérie. Il possédait un don merveilleux, il obtenait tout ce qu'il désirait.

Si un responsable californien avait des ennuis avec un juge, il n'y avait qu'à téléphoner à Jethro. Il arrangeait l'affaire en quelques heures. Une querelle sur un prêt à un taux usuraire ? Jethro aplanissait les discussions.

« Je sais pas ce que ce gosse a, mais il l'a. » Telle était la remarque couramment exprimée chez les dirigeants qui néanmoins ajoutaient : « Il est encore trop jeune pour une responsabilité nationale. »

Jethro se tourna vers son vice-président :

— Nous y voici, imagine la salle pleine à craquer avec deux mille délégués qui hurlent et applaudissent. Et moi, ici, debout sur le podium, les tenant dans la paume de ma main. Grâce à eux, le prochain pas devient possible.

— Il y a un autre pas ?

— Il y a toujours un autre pas.

— Et si on parlait de l'étape immédiate ? De la présidence. Si on perd, on va se retrouver en prison, on a construit cet immeuble avec les fonds de l'internationale ; l'argent n'est pas à nous.

— Crois-tu que je ne le sais pas, pauvre polack !

— Arrête, j'aime pas ça. Tu sais Gene, dans le temps t'étais un gentil garçon, je te voyais bien arriver au sommet dans une vingtaine d'années. Les gens t'aimaient bien. Mais depuis trois mois, je sais pas ce qui t'arrive. Tu as laissé tomber une gentille fille pour une autre qui se balade à poil, tu te paies un duplex avec piscine, tu parles bizarrement, tu penses bizarrement, et j'ai l'impression de ne plus te connaître.

— Tu m'as jamais connu, imbécile.

— Eh bien, tu iras en prison tout seul.

— Non Siggy, on ira ensemble.

— Ensemble ! Rien du tout. Tout ce que j'ai fait c'est de te laisser ma place à la présidence de la cellule.

— Est-ce vraiment tout, Siggy ?

— Bon, bon ma fille a pu avoir ce rein artificiel, et je t'en suis très reconnaissant.

— Et puis Siggy ?

— D'accord, j'ai refait le porche, j'ai une nouvelle voiture, et j'ai de l'argent pour payer l'appartement de ma petite amie.

— Est-ce bien tout, Siggy ?

— Euh, oui c'est tout. Ça suffit non ? Je veux dire, ça suffit pas pour m'envoyer en tôle.

Jethro enfonça ses mains dans ses poches, pivota vers le micro et entonna comme s'il s'adressait à une assemblée :

— Mes amis, camionneurs et délégués à la 85e convention de l'Internationale des Routiers, je vous présente mon vice-président. C'est un homme loyal, un homme qui vous sera fidèle en toutes circonstances, et je vais vous expliquer pourquoi.

— Oh Gene, arrête veux-tu.

— Je vais vous dire pourquoi vous pouvez compter sur lui. Il a la meilleure des raisons pour vous rester fidèle.

— Allez, Gene ça suffit !

— Il ne veut pas finir transformé en flaque.

Sigmund Negronski devint livide, il parcourut la salle des yeux, inquiet, s'assurant bien qu'il n'y avait encore personne.

— Ça t'amuse de me faire mal, gémit-il.

— J'adore ça.

— T'étais pas comme ça avant. Qu'est-ce qui t'est arrivé ?

— J'ai une piscine, une Jaguar, une maîtresse, un valet de chambre et assez de pouvoir pour faire sauter le syndicat. Et bientôt, dans un avenir assez proche, je vais faire trembler le pays, comme toi en ce moment, pauvre imbécile de gros Polonais.

Sigmund Negronski plongea dans un long silence boudeur. Après tout, c'était bien sa faute. C'était lui, qui de ce gamin, simple routier, avait fait d'abord un *shop steward*, puis un *business agent* (1) : Et voilà que d'un coup, le gosse s'était mis à changer, au début il n'avait pas remarqué grand-chose, mais peu à peu, il avait vu son protégé devenir vicelard, très vicelard. Le plus gênant, c'était quand le gamin souriait. Negronski tombait alors dans le panneau et éprouvait une grande tendresse pour lui, tout en sachant qu'il devrait le détester, l'écraser comme une tomate avec un poids lourd. Mais il l'aimait quand même. Et ça l'écorchait jusqu'à la moelle.

Negronski regarda le micro puis Jethro.

— On ferait mieux d'être gagnants demain.

Tout d'un coup des bruits de pas lourds retentirent dans le fond de l'immense salle. Negronski porta son regard au-delà des rangées de chaises vides.

— Jethro, petit salopard, je suis là. Petite frappe, aujourd'hui, c'est ta fête. La voix était profonde et âpre, avec un fort accent bostonien. Il s'agissait d'Anthony McCulloch, président de la cellule 73 de Boston.

Il n'était pas seul, il venait entouré de ses délégués. Des mastodontes qui progressaient aussi décidés que la ligne-avant des All-Blacks sortant déjeuner...

McCulloch, lui, faisait bien un mètre quatre-vingt-

(1) Délégué syndical.

sept, et Negronski savait qu'il pesait cent soixante kilos, car l'année dernière, lors de la convention annuelle, ils s'étaient tous pesés après une bonne cuite et une bagarre amicale. McCulloch avait parié qu'il devinerait le poids de tout le monde avec une marge de cinq kilos. Il avait gagné son pari.

Malgré son attitude copain, quand il avait bu, McCulloch était quelqu'un de poids, dans les discussions politiques et donc un homme dont Jethro avait besoin s'il voulait arriver à la présidence.

— Salut Siggy, tu me présentes ton copain pédé ?

— Salut Tony, répondit Negronski.

— Content de te voir Anthony McCulloch. C'est gentil d'être venu, intervint Jethro.

— Je ne suis pas venu t'apporter mon appui, mais te dire que certains d'entre nous ont découvert l'immeuble dans la banlieue de Chicago.

— Oh Anthony, Anthony, soupira Jethro, pourquoi faut-il que tu agisses exactement comme je l'ai prévu ? Pourquoi n'es-tu pas un vrai rival ?

McCulloch regarda les deux hommes sur le podium, puis se retourna vers ses camarades. Negronski reconnut trois présidents de cellule, deux présidents de comités inter-cellules, et cinq délégués syndicaux, tous avec une réputation aussi solide que leurs muscles. Il n'y en avait pas un qui ne trouvât pas la remarque de Jethro plutôt étonnante. S'ils l'avaient pris comme une menace ils lui auraient éclaté de rire au nez. Negronski en était sûr. Mais son arrogance les surprenait, sans pour autant les conduire à penser que Jethro était un homme réellement dangereux.

— Mon garçon, dit McCulloch, tu pourras plaider la folie devant un tribunal si ça t'amuse, mais ça ne marchera pas avec nous. Tu as volé l'argent du syndicat, tu as engagé nos fonds pour la construction de ce fameux immeuble. Tout ça, sans le consentement du conseil, ni même l'accord écrit du trésorier de l'internationale. Tu nous as entraînés dans une dépense de plusieurs milliards de francs. Personne d'ailleurs ne sait exactement combien. Nos comptables sont en train de vérifier.

— As-tu parlé au trésorier, demanda Jethro souriant.

— Ouais, je lui ai parlé.

— Et comment va-t-il ?

— Je pense qu'il pourra peut-être marcher de nouveau cet automne, ce qui ne sera probablement pas ton cas. Tu as en face de toi, petit, des mecs que tu ne peux pas acheter, des types qui magouillent pas. T'es refait mon garçon, et on va commencer par t'exclure de la confrérie.

Dans le brouhaha qui suivit les paroles de McCulloch, on pouvait clairement distinguer des « dis-lui », « vas-y encore pour qu'il comprenne bien », « règle-lui son compte » jaillir du groupe. Malgré le froid glacial qui régnait dans ce hall, Negronski sentit des gouttes de sueur perler sur son front, il les essuya d'un revers de la main. La situation ne lui disait rien qui vaille, il avait la bouche sèche et l'estomac noué.

— Tu es dans le coup, Siggy ?

Negronski regarda le bout de ses chaussures, puis McCulloch et ensuite Jethro qui s'appuyait contre le micro comme un chanteur de rock. Ne sachant que faire, il retourna à ses chaussures.

— Tu es dans le coup, Siggy ? insista McCulloch.

Negronski marmonna quelque chose entre ses dents.

— Je t'ai pas entendu, Siggy. Tu peux encore t'en tirer, on te connaît, on sait que tu es réglo.

— Je suis dans le coup, avoua Negronski tout bas.

— Quoi ! s'exclama McCulloch.

— Je suis dans le coup. Je suis dans le coup, cria le malheureux Polonais.

— Je suis désolé d'entendre ça. Désolé pour toi.

Jethro éclata de rire tout en caressant le micro.

— Veux-tu voir où est passé ton argent McCulloch ? proposa-t-il d'un ton provocateur.

— Ce mec est inconscient, dit McCulloch à l'adresse de ses hommes. Et il veut devenir président du syndicat. Les autres ricanèrent.

*
* *

Ils se marraient beaucoup moins lorsque, quarante minutes plus tard, leurs voitures s'arrêtèrent dans Nuihc Street devant un superbe immeuble dont les surfaces en aluminium et verre renvoyaient des reflets aveuglants des rayons du soleil. Ils restèrent bouche bée devant tant de splendeur.

Même Rocco « le Pig » Pigarello, délégué syndical de la cellule 1287 Union City, New Jersey, l'une des cellules les plus dures du pays dont aucun des présidents ne terminait son mandat debout, n'en croyait pas ses yeux. Et pourtant ce n'était pas un tendre, le Pig. Il n'arrêtait pas de répéter comme un automate.

— Ce que c'est beau ! C'est vraiment beau !

— Encore heureux que ça vous plaise, les gars. Vous l'avez payé trois fois plus cher qu'il n'aurait coûté s'il avait été construit dans des délais normaux.

— Superbe, insista le Pig.

— On avait autant besoin de ce truc que de la petite vérole. A quoi ça nous sert ? C'est notre argent dont on peut avoir besoin, objecta McCulloch.

— Ouais, t'as raison, ça nous sert à rien, dit le Pig, mais que c'est beau !

— Et vous ne voyez que la façade, attendez de voir l'intérieur, dit Jethro.

C'est ainsi que les délégués de la Nouvelle-Angleterre furent les premiers à visiter l'intérieur de l'immeuble de Nuihc Street.

Rocco « le Pig » Pigarello lâcha une dizaine d'autres « ce que c'est beau ». Ce fait fut rapporté par Timmy Ryan, Joe Wolcyz et Prat Connors qui avaient comptabilisé les exclamations du Pig.

— Tu le répètes encore une fois, et tu le diras sans dents, dit Connors exaspéré.

— Et toi tu l'entendras sans ta tête, répondit le Pig.

— Calmez-vous, pas de bagarre, interrompit McCulloch, on doit d'abord s'occuper de notre petit gars.

— Vous voulez me voir tous ensemble, ou l'un après l'autre ? demanda Jethro.

— Je te verrai le premier, et il n'y aura plus besoin pour les autres de te rendre visite par la suite, répondit McCulloch. Pig, Prat, Timmy, vous autres, gardez un œil sur Siggy.

Negronski était de moins en moins rassuré, malgré la barre de fer cachée sous sa veste.

— Allons prendre l'ascenseur pour rejoindre mon bureau, proposa Jethro.

— Nous allons régler cette affaire ici même, rétorqua McCulloch.

— Mon bureau vaut la peine d'être vu, c'est ce qu'il y a de mieux dans le genre.

— Allons voir son bureau, insista le Pig, qu'est-ce qu'on risque ?

McCulloch décocha un regard méchant à l'intention de Pigarello.

— C'est bon, allons voir ce superbe bureau.

Faire rentrer neuf délégués de camionneurs dans un ascenseur prévu pour douze passagers normaux revenait à entasser des sardines dans une boîte. La barre de fer de Negronski fut immédiatement découverte au toucher. On la lui arracha avec une telle violence qu'un morceau du menton partit avec. Le sang se mit à couler le long de son cou, dégoulinant également sur son assaillant. Negronski ne dit rien, c'était fini, il n'avait plus d'espoir.

— Siggy, mon vieux, tu n'auras qu'à me montrer celui qui t'a fait ça. Personne ne fait ça à un de mes gars sans le payer très cher, lui cria Jethro.

Negronski ne pouvait pas voir son président dans cette mêlée. Jethro étant le plus petit dans cet ascenseur il était caché quelque part, probablement derrière McCulloch et le Pig, pensa Negronski. Quand il essaya de tourner la tête pour l'apercevoir, une violente claque la lui remit en place. Peut-être s'en tireraient-ils tous les deux avec une sérieuse raclée et de la prison. « On peut toujours rêver », se disait Negronski pendant tout le trajet vers le sous-sol de l'immeuble. La grille de l'ascenseur s'ouvrit sur une pièce immense et les hommes en jaillirent comme une volée de chevrotines.

McCulloch jeta un regard dédaigneux sur l'immense carte avec l'étrange nom de syndicat inscrit en grosses lettres, et grogna en direction de Jethro :

— Où se trouve ton bureau ?

— Par ici.

McCulloch l'agrippa par le dos de la veste et le poussa contre la porte qu'il lui avait indiquée.

— Elle est fermée à clef, dit Jethro.

— On va l'ouvrir, répondit McCulloch, lançant le candidat à la présidence contre la porte, à plusieurs reprises. Elle ne céda pas.

— Il faut l'ouvrir, laissez-moi au moins l'ouvrir, dit Jethro.

Les coups sur la porte l'avaient sérieusement amoché, mais il réussit quand même à tourner la poignée, d'abord à gauche puis à droite et enfin un tour complet. La porte s'ouvrit.

McCulloch projeta Jethro à l'intérieur.

— J'en ai pour cinq minutes les gars. Surveillez Siggy, ne le démolissez pas encore, il doit d'abord parler.

Avec un rire généreux il entra dans la pièce et referma derrière lui.

Negronski ne bronchait pas. Il évitait de regarder ces masses humaines, mais lorsque finalement il eut le courage de lever les yeux, il vit qu'eux aussi le fuyaient du regard. Negronski se prit à espérer que peut-être, s'ils attendaient assez longtemps, ils auraient la bonté d'en terminer rapidement. Peut-être même le laisseraient-ils tranquille.

Negronski se frotta le menton, Pigarello lui tendit un mouchoir :

— Un peu d'eau froide te ferait du bien là-dessus.

— T'as raison, de l'eau froide me ferait du bien.

— Il y a de l'eau par ici, je veux dire pas trop loin ?

— Non, il y a pas d'eau au sous-sol, répondit Siggy.

— Mais si, voyons, regarde ces tuyaux.

— C'est pas de l'eau.

— Alors, c'est pour quoi ?

— Je sais pas au juste, mais c'est pas pour l'eau.

— Peut-être bien, mais ça ressemble à des canalisations d'eau. N'est-ce pas, les gars, ce sont bien des tuyaux d'eau ?

— Ferme-la, siffla Connors. Ta gueule.

— J'ai bien l'impression que ce sont des arrivées d'eau, répéta le Pig, résigné aux sautes d'humeur de ses compagnons.

Au bout d'une demi-heure, la porte s'ouvrit et la tête décoiffée de Jethro s'encadra dans l'ouverture.

— Connors, McCulloch veut te voir, c'est bien toi qui as frappé Siggy ?

— Il avait une barre, répondit Connors.

— Ouais, dit gentiment Jethro, je comprends. Viens, McCulloch a quelque chose à te dire.

« Peut-être bien, oui, peut-être bien que le charme de Jethro avait encore accompli des miracles », pensa Negronski. Il ne ressentait aucune animosité contre

Connors. C'est des choses qui arrivent et Negronski n'était pas du genre à garder rancune. Tout allait s'arranger, espérait-il.

— T'as une idée sur ce qui s'est passé ? demanda Ryan.

— Je sais pas, peut-être qu'ils ont conclu un accord, répondit Wolcyz.

— Non, McCulloch ne va pas passer un accord avec ce pédé, estima un autre délégué syndical.

— T'as raison, c'est pas le genre à faire des compromis, renchérit un autre.

— Ils se sont entendus, affirma Wolcyz, souriant tout d'un coup à Negronski.

— J'en suis sûr, s'exclama le Pig, j'en suis sûr !

Tout le monde le regarda.

— Ce sont certainement des tuyaux d'eau, expliqua le Pig, regardez, ils transpirent.

— Va te faire foutre, s'écria Wolcyz.

— Oh, doux Jésus, soupira Ryan.

— Je te dis que ce sont pas des conduits d'eau, s'énerva Negronski.

Une autre demi-heure passa, puis la porte s'ouvrit.

— Messieurs, voulez-vous vous donner la peine d'entrer ?

Le groupe hocha de la tête, et à la queue leu leu, ils pénétrèrent dans le bureau de Jethro.

— Ça y est, ils sont tombés d'accord, murmura Wolcyz.

La pièce, trois fois plus grande que l'ascenseur, ne contenait qu'un bureau en fer. Une petite ampoule jaune éclairait péniblement la pièce, jouant aux fantômes avec les ombres de la tuyauterie apparente. Jethro était seul, aucune trace de McCulloch et de Connors.

Or, il n'y avait ni porte, ni fenêtre, pas la moindre issue.

— McCulloch et Connors sont obstinés, ils ont dit

qu'ils préféraient Miami, et qu'ils n'aimaient pas les idées modernes, alors ils sont partis, expliqua Jethro.

— Comment sont-ils partis, il n'y a pas d'autre sortie que la porte, observa Wolcyz, faisant le tour de la pièce.

— Ils sont partis, un point c'est tout. Maintenant parlons sérieusement. Les gars, j'ai besoin de vos votes pour accéder à la présidence. Voulez-vous devenir riches ou préférez-vous rester à la traîne ? Voulez-vous conserver les méthodes réactionnaires et le radinisme des régimes précédents ?

— On ne votera pas sans McCulloch et Connors, dit le président d'une cellule du Maine.

— Dans ce cas-là, tu ne voteras jamais mon vieux, répondit Jethro tout mielleux.

La menace fut prise au sérieux, car tout d'un coup ce qui s'était passé pendant les deux demi-heures consécutives parut évident à tout le monde.

Aussitôt le bloc de la Nouvelle-Angleterre condamna à l'unanimité les méthodes réactionnaires du passé, refusant catégoriquement le retour à la politique avare des régimes précédents.

— Il nous faut Gene Jethro ! cria un des délégués répétant un slogan qu'il avait vu la semaine dernière sur un badge qu'il s'était alors empressé de jeter. Il le regrettait amèrement aujourd'hui.

— Tous avec Jethro, il nous faut Gene Jethro, chantèrent tous en chœur.

Gene Jethro calma ses nouveaux admirateurs.

— Je suis vraiment ému, les gars, je ne sais quoi vous dire. C'est comme si l'Internationale des Routiers venait de prendre conscience des problèmes véritables.

Pigarello avait encore une question qui le préoccupait :

— Mr. Jethro, est-ce que ce sont des canalisations d'eau qui arrivent dans ce bureau oui ou non ?

— Ce sont des canalisations d'eau, Pig, répondit Jethro aimablement.

Pigarello se tourna vers les autres resplendissant de fierté.

— Vous voyez bien que j'avais raison.

Il était tellement heureux qu'il proposa même de descendre les ordures.

Il y avait deux grands sacs poubelles assis près de la porte, et pas encore de concierge dans l'immeuble.

CHAPITRE IV

Le médecin contemplait son malade allongé sur la table d'opération. Ce dernier respirait très faiblement. L'éclairage des scialytiques auréolait son corps frêle. Tout paraissait prêt pour une opération. Les instruments chirurgicaux se reflétaient dans le carrelage blanc des murs.

On se serait cru dans un hôpital normal. Le docteur Braithwait, lui, savait que c'était une illusion.

Il fixa intensément son patient qui, dans ses quelques moments de lucidité, disait s'appeler Remo.

Normalement, on aurait dit un état de choc. Pouls irrégulier. Température très basse. Respiration chaotique. Etat de choc classique. Mais le malade émergeait assez souvent de sa léthargie pour des courtes périodes. Ça, ce n'était pas classique. Et les traitements que l'on applique habituellement dans ces cas de traumatisme profond semblaient plutôt le rapprocher de la mort que de l'en éloigner.

Le toubib secoua la tête en signe d'impuissance. Il détourna son regard de la table d'opération et cria un mot à l'adresse de l'infirmière. Puis il s'arrêta net. Il aurait voulu lui hurler d'aller prévenir quelqu'un dans cet endroit de fous qui ressemblait étrangement au pays des merveilles d'Alice, que son malade avait de très graves problèmes à affronter... Mais il se reprit, à quoi bon, elle ne parlait pas un traître mot d'anglais. Il ne s'en étonnait même plus. Tout était si bizarre ici.

Ce n'était même pas un vrai hôpital. Vu de l'extérieur, ça avait l'air d'un grand chaland à charbon ancré dans l'embouchure d'une rivière quelque part dans le sud du pays. Du moins, il croyait que c'était dans le sud, à cause des étoiles qu'il avait entraperçues quand l'hélicoptère s'était posé sur un petit terrain minuscule où il n'y avait aucun signe d'autres avions. Juste cet hélicoptère et le grand chaland. Lorsqu'on l'avait fait passer par une ouverture camouflée dans le charbon, il se trouvait immédiatement dans un petit hôpital. Il aurait dû protester dès ce moment-là, mais comme il croyait être sur le point de réaliser son rêve le plus cher, il pensait que ce n'était pas le moment de commencer à poser des questions. Après, ce fut trop tard.

Il chassa son amertume pour reporter son attention sur l'infirmière. « Elle doit être originaire d'un pays de l'Est », pensa-t-il, sans pouvoir la situer avec plus de précision.

Le malade gémit. Braithwait réagit rapidement, faisant comprendre par signes à son assistante de remettre les courroies d'acier aux poignets et aux chevilles du soi-disant Remo. Il ne tenait absolument pas à ce que la séance de l'autre jour se reproduise ; quand le patient totalement inconscient tomba de la table et, pendant sa chute, pivota vivement sur lui-même atterrissant sur ses pieds et ses mains. Comme un chat.

— Performance plutôt surprenante et inquiétante pour un malade comateux. Le médecin n'arrivait pas à comprendre. Le corps de son malade avait les apparences d'un homme normal. Mais son système nerveux devenait vite pour Braithwait un véritable cauchemar. Les cellules, normales. La structure normale. Mais de larges secteurs du système nerveux dévoilaient une telle sensibilité, une véritable hypertrophie, que cela n'avait plus rien d'humain.

De nouveau il désigna des yeux les liens à l'infirmière et appuya sa demande muette d'un sourire. Elle comprit et s'exécuta.

Il se souvint alors qu'il n'avait même pas eu à les demander, ces courroies, elles étaient déjà là lorsque, le premier jour, Smith lui avait fait visiter l'installation. Il lui avait également présenté l'infirmière qui ne parlait pas anglais, ainsi qu'un vieil Oriental givré. Parlant des liens, Smith avait précisé :

— Vous trouverez les courroies habituelles sur la table d'opération, mais si cela s'avérait nécessaire, nous en avons d'autres plus résistantes.

— Ça m'étonnerait, avait alors répondu Braithwait. Ce sont celles dont se servent les vétérinaires pour les gorilles.

Quel imbécile ! Ils avaient dû le trouver ridicule. Les courroies en question avaient été rompues dès le premier jour.

Braithwait était intimement persuadé que Smith était derrière tout ça. Il se chargerait de le faire savoir dès qu'il sortirait d'ici. Après tout, Smith l'avait kidnappé, même s'il était consentant. Il en serra les poings de rage.

Pourtant le docteur Smith, du sanatorium de Folcroft, avait une excellente renommée dans la profession... Il était grand-temps de remettre les choses à leur place. Lui, Braithwait, allait se charger de la nouvelle réputation de Smith.

Au début, tout lui avait paru normal, à vrai dire il avait été plutôt content. Smith l'avait appelé pour lui faire savoir qu'il trouvait son idée d'école de médecine très intéressante et qu'il pourrait peut-être lui fournir les fonds nécessaires. Oui, il trouvait vraiment le projet du Dr. Braithwait excellent, et il aimerait pouvoir en discuter plus en détail. Braithwait pourrait-il venir à Folcroft ? Comme par hasard, il y avait une voiture du sanatorium à New York en ce moment. Si Braithwait voulait bien, elle pourrait même passer le prendre, ce qui lui éviterait de conduire. Sans se poser la moindre question sur la manière dont Smith avait pu apprendre son rêve chéri, Braithwait avait accepté de décommander immédiatement tous ses rendez-vous de l'après-midi.

Arrivé à Folcroft, on lui avait fait passer une visite médicale. Un peu surpris, il s'était quand même laissé faire. Il avait croisé un de ses confrères tout aussi éminent que lui, qui était également en train de se faire ausculter.

— Salut Gerry, comment vas-tu ? lui avait dit l'autre.

— Très bien merci, avait répondu Braithwait.

— Dis donc tu as vu, c'est quelque chose ce Folcroft, on dirait qu'ils sont bourrés de fric.

— En effet, en effet, avait acquiescé Braithwait.

Après la visite, il avait retrouvé Smith dans son bureau. Ils avaient discuté de son projet, de cette nouvelle école de médecine pour la formation d'internes des hôpitaux. Smith, très intéressé, avait même avancé des dates précises pour le début de la construction.

Puis il lui avait demandé un petit service que Braithwait ne pouvait vraiment pas refuser. Il s'agissait d'examiner un malade auquel Smith avait l'air de tenir, et qui ne se trouvait pas loin de New York. Braithwait viendrait avec lui dans l'avion privé du sanatorium. Ainsi, ils pourraient profiter du voyage pour continuer à discuter de leur projet. Bonne idée non ?

Le médecin accepta et ce fut là son erreur fatale, car l'avion ne se posa jamais à New York, mais les laissa sur un aéroport de fortune désert, où ils embarquèrent dans un hélicoptère de malheur qui les abandonna près d'un chaland couvert de charbon.

Une fois franchie la porte dissimulée par le minerai, le ton aimable de Smith s'était brusquement modifié.

— Vous allez me guérir ce malade. Vous pourrez me joindre grâce au téléphone que vous trouverez dans la pièce au fond du couloir.

*
* *

Après une visite rapide de l'installation hospitalière, le docteur Smith avait disparu et depuis une semaine Braithwait se retrouvait prisonnier dans cette maison de dingues avec une nurse qui ne parlait pas anglais, un grand malade aux réactions inquiétantes et un vieil Oriental incompréhensible.

Le Dr Gerald Braithwait regarda le corps bondir :

— Je crois que les courroies tiendront le coup.

L'infirmière aux yeux sombres lui jeta un regard surpris. Il lui montra du doigt les bandes, faisant comprendre par signes ce qu'il venait de dire tout haut.

Tout compte fait, il aurait préféré que le vieil Oriental, qui ne devait être qu'à deux doigts de la mort, ne parle pas anglais, car il était vraiment crispant. Le premier jour, le vieillard s'était penché sur le corps et l'avait sondé de ses ongles longs. Puis il avait diagnostiqué :

— Hamburger, une impureté souillant l'essence vitale.

— Voulez-vous sortir d'ici ! Comment voulez-vous que j'examine le malade si vous continuez à le tripoter ? s'exaspéra Braithwait.

— L'essence vitale de mon fils est souillée, il faut la purifier, insista le vieil homme.

Le docteur avait voulu qu'on sorte cet Oriental ridicule, mais il n'y avait personne. Il avait alors essayé de le bousculer, mais la frêle créature ne bougea pas d'un pouce. Il lui empoigna une épaule ; elle sembla lui glisser des mains. Il essaya de le pousser dehors en lui appuyant sur la poitrine, rien à faire. L'Oriental qui ne devait pourtant pas peser plus de cinquante kilos était inébranlable. Fou de rage et profondément frustré, prenant son élan, le docteur précipita ses quatre-vingt-cinq kilos contre le vieil homme, mais à sa grande surprise, il avait lui-même rebondi contre l'invraisemblable personnage percutant le mur d'en face.

— Vous avez de la chance que j'aie besoin de vos services, lui avait alors dit le vieillard.

Et durant les jours suivants, il était resté à côté de la table d'opération, surveillant le docteur, observant le malade et posant des questions sur les différents instruments.

— C'est bon, avait-il dit finalement, peut-être arriverez-vous à le sauver, après tout.

Il avait enfin quitté la pièce, et on ne l'avait pas revu depuis.

Le madade n'était qu'un épouvantable assemblage de réflexes. Au moindre toucher, le muscle donnait toute une série de réponses comme s'il était pourvu d'une mémoire autonome et comme si on l'avait programmé. Une légère tape sur le genou déclenchait des mouvements de mains les plus divers et d'une telle rapidité qu'on ne croyait voir qu'un flou.

Quant aux phrases hachées prononcées par ce patient comateux, n'en parlons pas. A en croire cet étrange malade, il aurait été électrocuté publiquement, afin d'être par la suite transformé en une super-arme sans passé et sans identité. Il laissait parfois échapper un nom, « Chiun », suivi d'une ribambelle de titres honorifiques. Ou encore : « C'est le métier qui veut ça, chérie », « Les tuer tous ».

Il était évident que le malade souffrait d'un important complexe de culpabilité avec ce sentiment qu'il avait d'être responsable de la mort de plusieurs personnes. Il parlait aussi d'équilibre, de forme, de pointe. Ses muscles frémissaient, ses paupières s'agitaient, quelques secondes de conscience, puis il retombait dans un semi-coma.

Le docteur Braithwait fixait perplexe son étrange phénomène. Que pouvait-il bien avoir ? C'était au-delà de ses compétences médicales.

La seule indication valable venait en effet du vieil Oriental : « Hamburger. »

Le docteur caressa distraitement les courroies, hamburger. Il consulta sa montre. L'Oriental ne voulait pas être dérangé avant 16 h 30. Il pouvait donc y aller maintenant.

Il longea le couloir d'un pas rapide, la feuille de maladie à la main. Frappa à une porte et attendit. Il entendit à l'intérieur la musique insipide qui indique la fin d'un feuilleton. Suivi d'une voix qui vantait les bienfaits d'une marque de savon. Finalement, la porte s'ouvrit.

Vêtu d'un kimono safran, le vieil Oriental s'encadra dans la porte, l'air indigné. Il lui demanda de quel droit se permettait-il d'interrompre ainsi l'expression artistique ?

— Cet hamburger que vous accusez d'être la source des maux du malade, où l'a-t-il pris ?

— Dans la saleté, l'ignorance et la bêtise.

— Non, je veux le nom du magasin où il l'a acheté.

— Le nom est chien et fils de chienne. C'est au « Joyeux Hamburger ».

— Voilà ! Bien sûr, maintenant j'ai compris ! Il était normal qu'avec son système nerveux il tombe dans un état semi-comateux.

— A cause de la souillure de son essence vitale.

— Non, non et non. A cause du glutamate monosodique. Les hamburgers de toute la chaîne des « Joyeux Hamburgers » sont bon marché et pour les rendre mangeables, ils y introduisent un agent de sapidité, un produit chimique. Avec cette saloperie, même des gens tout à fait normaux connaissent des troubles nerveux.

— Vous parlez par énigmes.

— Je vous dis que vous aviez raison. Il s'agissait bien de quelque chose dans les hamburgers.

— Oui, tout simplement de l'impureté de la graisse animale. Laisser-aller et manque de discipline personnelle.

— Mais non, il s'agit du glutamate monosodique.

Le visage du vieillard se rida de perplexité.

— Je vous ai expliqué que le fils du Maître de Sinanju a violé la pureté de son essence vitale, c'est pourtant clair, simple et compréhensible. Vous, vous me parlez de glutamate monosodique. Alors expliquez-vous, de quoi parlez-vous ?

— Le glutamote monosodique est un produit chimique.

Le vieillard hocha la tête.

— Il y en avait dans le hamburger qu'a mangé le malade. Or, ce composé affecte le système nerveux.

Le vieil homme avait l'air de suivre.

— Le malade ayant un système nerveux hypersensible, il a provoqué des ravages.

Le vieillard sourit.

— Pour un docteur vous êtes extrêmement ignorant ; je n'ai pas compris un mot de ce que vous avez raconté. Venez, nous allons voir mon fils. Va-t-il déjà mieux ?

— Pas vraiment ; de toute façon il se remettra sans problème, ça demandera tout simplement un certain temps. Difficile à estimer.

— Pourriez-vous me rendre un service ? demanda le vieillard.

— Je vous écoute.

— Quand je vous ai parlé le premier jour pour vous expliquer que le hamburger était la cause de tout. J'ai dit par inadvertance que cet homme était le vrai fils du Maître de Sinanju, malgré le fait qu'il soit blanc.

Braithwait approuva de la tête, il se souvenait en effet de cette tirade grotesque.

— Ne le répétez surtout pas au malade. S'il venait à

croire qu'il a en lui un peu de Coréen, il deviendra invivable. Moi, je le considère comme un Blanc.

— Il est en effet de race blanche, remarqua le docteur. Probablement d'origine méditerranéenne, avec un mélange d'Europe du Nord. Les pommettes saillantes lui donnent une lointaine origine slave mais de toute façon, il est blanc.

— Moi je peux le traiter de Blanc, mais pas vous. Vous comprenez ?

Plus tard dans la soirée, le malade allait beaucoup mieux, il se débarrassait des dernières séquelles de son empoisonnement. Le vieil Oriental paraissait heureux, il s'agitait dans tous les sens, chantant, riant, embrassant le malade sur le front, dansant autour de la table.

Le malade ouvrit enfin les yeux et demanda :

— Où suis-je ?

Le vieillard arrêta subitement ses manifestations de joie et entra dans une violente colère, agitant, indigné, ses frêles bras.

— Mort. Tu devrais être mort. Ingrat. Méprisable homme blanc indiscipliné. Tu n'es qu'un homme blanc et tu resteras toujours un homme blanc. Tu es né blanc, et ainsi tu mourras. Un homme blanc avec des hamburgers d'homme blanc.

— Ecoutez Chiun. Lâchez-moi les basquets. Que s'est-il passé ?

Le malade vit les courroies, sourit, puis regarda Braithwait.

— Qui est ce fou au stéthoscope ? demanda-t-il.

Sa question stimula la fureur du vieil homme qui hurla :

— Qu'est-ce que ceci ? Qu'est-ce que cela ? Des questions, encore des questions, mais t'es-tu demandé ce que tu avais mis dans ton estomac ?

Le docteur en avait assez. Il allait maintenant pouvoir partir après avoir informé Smith que la guérison de son malade était en bonne voie. Cela n'avait que trop duré.

— Vous, dit-il au malade, reposez votre tête sur la table.

— Où suis-je, Chiun ? demanda le malade ignorant complètement le médecin.

— Tu penses peut-être poser là une question primordiale. Tu as absolument besoin de savoir où tu es, sinon tu en mourras n'est-ce pas ? s'écria triomphant l'Oriental appelé Chiun.

— Votre prénom est Remo, n'est-ce pas ? interrompit le docteur. Quel est votre nom de famille ?

— Et le vôtre ? rétorqua Remo.

— C'est moi qui pose les questions et si vous ne répondez pas, vous resterez attaché à la table.

Avec un petit rire ironique et une légère contorsion du corps, le malade fit sauter ses liens et se leva avec la grâce d'une danseuse.

— Qui est ce type, Chiun ?

— Et ton estomac ? Ah, c'est là la vraie question, répondit Chiun.

Ils furent interrompus par le bruit d'une porte qui s'ouvrit au bout du couloir. Ils perçurent des pas décidés et le docteur Harold Smith à la mine jaunâtre pénétra dans la pièce :

— Je vous entendais de l'extérieur ! s'exclama-t-il. Arrêtez ce ramdam !

Il regarda le malade de son air sinistre.

— Hum, très bien docteur Braithwait. Je voudrais vous parler en tête-à-tête.

— J'aurais également plusieurs choses à vous dire, docteur Smith.

— J'en suis sûr. Je suis à vous dans quelques instants, vous n'avez qu'à m'attendre dans la pièce au bout du couloir. Je voudrais auparavant dire deux mots à notre malade.

Braithwait incendia Smith du regard et répondit :

— Je vous attends et je vous accorde dix minutes, pas une de plus. Vous allez m'expliquer toute cette histoire.

Braithwait n'avait pas de valise à faire sinon il en aurait profité. Il retourna dans sa chambre prendre un petit sac renfermant un instrument noir en métal et plastique qui ressemblait à une perceuse électrique sans fil. Il y injecta une forte dose d'un dépresseur nerveux. C'était une seringue automatique dont on se servait pour des vaccinations de toute une population en cas d'épidémie. La dose qu'elle contenait maintenant était presque mortelle pour l'étrange malade au système nerveux déjà ébranlé.

Le docteur Braithwait se dirigea vers la pièce au bout du couloir et y attendit Smith. C'était quand même curieux qu'il lui fournisse cette seringue aussi facilement. Il l'avait reçue huit heures après l'avoir demandée. Ça, c'était ce qu'on appelle du service. Peut-être bien qu'après tout il l'aurait, son école de médecine. On le lui avait bien promis. Dans ce cas-là, il n'aurait pas besoin de cette arme de fortune.

De son fauteuil Braithwait put voir Smith s'engager dans le couloir d'un pas pesant, les épaules légèrement courbées comme sous un poids très lourd que lui seul connaissait. Smith entra et s'assit. Il évita le regard de Braithwait, puis subitement le fixa droit dans les yeux :

— Je tiens d'abord à vous dire une chose. Nous avions deux choix possibles, vous ou votre collègue que vous avez d'ailleurs croisé à Folcroft. Vous, vous avez un cancer de l'estomac, lui, en revanche, est en bonne santé. Au mieux et avec une opération réussie, il vous reste cinq années. Son espérance de vie est nettement meilleure. Le sort vous a donc désigné. Ceci vous explique pourquoi nous avons procédé à un *check up* à Folcroft.

Nous sommes dans l'obligation de vous tuer. Je vais vous expliquer pourquoi vous devez mourir. C'est injuste et je le sais, mais nous n'avons pas d'autre alternative. Nous sommes dans une situation critique.

Le Dr. Braithwait passa sa main sous sa blouse blanche et saisit la seringue d'une main moite et poisseuse.

— Ce n'est pas facile à digérer ce que vous m'annoncez, Dr. Smith. Je veux dire, d'apprendre comme ça, tout de go qu'on va mourir.

— Je sais. On aurait pu vous tuer sans rien vous dire. Vous laisser sortir d'ici, après vous avoir fait des excuses en emportant même les plans de votre école de médecine. Vous n'auriez rien senti. Votre vie a eu un sens et je crois que vous aimeriez que votre mort en ait un également.

Le Dr. Smith soupira et continua.

— Il y a plusieurs années, un Président des Etats-Unis — aujourd'hui décédé — constata que le pays s'enfonçait dans le chaos et l'anarchie. Le crime prenait des dimensions inquiétantes et la situation ne faisait qu'empirer. Il s'aperçut que la Constitution ne permettait pas de garder les criminels en prison et d'enrayer ainsi la vague de crimes. Il comprit que le pays subissait aussi bien les assauts de simples voleurs que ceux des grands conglomérats. Or, ces agressions permanentes ne pouvaient déboucher que sur un état policier.

— Elles auraient pu apporter plus de liberté, rétorqua amèrement Braithwait.

— Il est en fait reconnu en sciences politiques que le chaos mène inexorablement à la dictature et ce n'est qu'en temps de paix que nous bénéficions d'une plus grande liberté. Les Etats-Unis étaient en train de péricliter et tout le monde le savait. Pour éviter le pire le Président n'avait guère le choix, il ne pouvait pas violer ouvertement la Constitution, il se résolut donc à créer une organisation secrète.

— Cela revient aussi à violer la Constitution, remarqua Braithwait.

— En effet, mais pas dans le cas où cette organisation n'a pas d'existence légale.

— Je ne comprends pas très bien.

— Cette organisation est inexistante. Pas d'imputation à son nom sur le budget du gouvernement, aucune information de l'opinion publique, et même les gens qui la servent ne la connaissent pas. Ses fonds proviennent de plusieurs sources différentes. Seules trois personnes sont dans le secret.

— C'est impossible, comment pouvez-vous avoir un nombre considérable d'individus qui travaillent pour une organisation sans le savoir ?

— C'est justement là votre erreur. Dans le temps j'aurais été d'accord avec vous. Mais je me suis rendu compte que la plupart des gens savent pour qui ils travaillent uniquement parce qu'on le leur a dit.

— C'est absurde.

— Pour qui travaillez-vous ?

— Eh bien, pour le comité directeur de l'hôpital et pour ma clientèle privée.

— Votre dernière source de revenus est de l'auto-emploiement. Quant à l'hôpital, êtes-vous sûr de travailler pour le comité ? Ou le pensez-vous parce qu'on vous l'a dit et que vous avez croisé ces gens au cours de réunions ?

Braithwait était plongé dans une grande perplexité. Smith continua :

— Notre premier objectif est d'assurer que les plaignants puissent fournir les preuves dont ils ont besoin devant le juge. Nous faisons en sorte, par exemple, que des policiers marrons soient dénoncés par un témoin inattendu. Nous avons même financé l'édition d'un ouvrage sur le crime organisé afin d'informer le public.

Lorsqu'un parrain de la mafia échappe aux recherches du FBI, nous essayons de provoquer des conflits internes chez les mafiosis. Il nous arrive rarement de tuer nous-même. Nous nous arrangeons pour susciter des règlements de compte entre bandes adverses. Pour sauvegarder le secret de notre existence nous n'avons qu'un tueur, ce qui limite les risques d'exposition. Nous ne pouvons, en effet, courir le risque d'admettre ouvertement le non-fonctionnement de la Constitution.

— Qu'arrivera-t-il si cet homme est arrêté et que l'on puisse vérifier ses empreintes, l'identifier ?

— Il y a d'abord peu de chances que quelqu'un réussisse à l'attraper et de plus il n'a pas d'empreintes répertoriées.

— Vous les avez soutirées au FBI ?

— Non, ce ne fut pas nécessaire. L'homme en question a été électrocuté publiquement, son dossier fut, par conséquent, automatiquement transféré. Notre Implacable, comme nous l'avons surnommé, est le plus vulnérable d'entre nous, parce qu'il opère en dehors de Folcroft. Il est constamment exposé au danger. Nous ne pouvions courir le risque de lui donner une identité car il est une des trois personnes dans le secret. Il n'existe pas de meilleure arme qu'un homme mort.

— Son système nerveux est unique en son genre, commenta Braithwait.

— Maintenant il doit être pratiquement aussi perfectionné que celui de Chiun.

— Je vois, l'Oriental est lui aussi au courant.

— Non, il ne sait pas exactement qui nous sommes, ni quel est notre rôle. D'ailleurs, ça lui est égal. Tout ce qui l'intéresse est le transfert régulier de son argent à l'étranger. Celui que nous lui versons. Il est probablement le professionnel le plus authentique de notre époque.

— Alors qui est le troisième homme ?

— Le Président en fonction.

— Que se passera-t-il lorsqu'il se retirera ?

— Il dévoile notre existence à son successeur, puis n'en parle plus jamais. Nous leur demandons de tout oublier et ils le font.

— Qu'est-ce qui vous empêche de prendre le contrôle du pays ?

— Nous avons des verrous de sécurité imbriqués dans le système. Notre puissance offensive réside en un seul homme. Il a beau être exceptionnel, il ne pourrait pas grand-chose contre une armée. Il dit lui-même que sa force réside dans le secret de son existence, dans une guerre ouverte il serait condamné. Vous n'avez qu'à voir les Japonais au cours de la Deuxième Guerre mondiale...

Braithwait resserra sa main sur la seringue. Il fut envahi d'une détermination froide et implacable. Il allait agir.

— Vous aviez prévu de me tuer dès le début, n'est-ce pas Smith ?

— Oui.

— Et c'est comme ça que vous prétendez protéger la Constitution — en la violant ?

— Si un arbre s'effondre dans la forêt et que personne ne l'entende, a-t-il fait du bruit ?

D'un geste précis et souple Braithwait sortit la seringue de sous sa blouse. Smith ne broncha pas. Voyant Remo arriver par le couloir, Braithwait se pencha rapidement et appuya l'aiguille contre le poignet de Smith.

— Ne bougez pas ou vous êtes mort.

Smith jeta un regard à la seringue, puis considéra Braithwait avec un désintérêt total comme si cette aiguille ne présentait pas plus de danger qu'un chewing-gum. Mais comme on le lui avait demandé, il ne bougea pas et dit calmement :

— Remo, j'ai une seringue automatique contre mon poignet, elle doit probablement contenir un poison quelconque.

— Bravo ! Maintenant vous savez ce que c'est le danger, plaisanta Remo.

— Un pas de plus et je le tue, précisa inutilement Braithwait.

L'ex-malade haussa les épaules et sourit :

— C'est la vie chérie.

Aussitôt, Braithwait aurait juré qu'il avait vu une main s'élancer vers l'aiguille. Il n'en était pas tout à fait sûr, en tout cas, il n'eut pas le temps d'appuyer sur la seringue. Après cette vision fugitive, il tomba dans un grand trou noir.

Debout, Remo, observa les doigts de Braithwait accomplir le dernier ordre reçu de son cerveau. Le liquide mortel jaillit par à-coups de l'aiguille, formant une petite flaque sur le linoléum.

— Qui était-ce ? demanda-t-il.

— L'homme qui vient de vous sauver la vie, laissa tomber Smith.

— Vous êtes un vrai salaud ! Vous saviez ça ?

— Pensez-vous que quelqu'un d'autre pourrait faire marcher cette boutique ?

— Personne d'autre ne le voudrait. Le type m'a sauvé la vie, hein ?

— Oui.

— Nous autres, au moins, on a de la gratitude, n'est-ce pas ?

— On fait ce qu'on doit faire. Allez vous changer, retirez-moi cette chemise de nuit grotesque. Vous êtes attendu à Chicago dans une demi-heure, et je n'ai jamais vu un leader syndical habillé comme ça.

CHAPITRE V

Remo suivit les indications de Smith. Il devait rencontrer Abe Bludner, président de la cellule 529 de New York City au *Pump Room* à Chicago pour le petit déjeuner. Il lui serait facile de reconnaître Bludner, pas très grand, plutôt carré, chauve avec un visage semblable à une citrouille mouchetée.

Bludner, d'après les renseignements fournis par « le sommet », avait un dossier de leader syndical plutôt bien rempli. A quinze ans il conduisait avec un faux permis. A vingt-trois ans il fut nommé *shop steward* après avoir assommé cinq costauds, briseurs de grève, employés par la compagnie. A trente-deux ans il tenait une banque clandestine dans tous les entrepôts de camions de sa cellule. A quarante-cinq ans il fut élu président avec trois voix d'avance sur son prédécesseur. La bataille électorale serrée et peu orthodoxe fut l'objet de plaintes devant la cour et l'affaire traîna pendant quatre ans. Mais Bludner remporta la seconde élection haut la main et depuis lors, était resté président de la cellule 529. De temps en temps il arrivait que certains de ses gars, des fortes têtes, se cassent un bras en tombant accidentellement sur un pied-de-biche. Dans ces cas-là, l'outil était manipulé par Bludner. Cependant, il utilisait le plus souvent son art contre des gangsters recrutés par l'employeur pour provoquer des bagarres. La réception qu'il leur préparait était si soignée qu'ils renonçaient vite à le fréquenter. D'où son surnom « Pied-de-Biche ».

De temps en temps, les employeurs évitaient les frais de location de « mauvais garçons » et s'occupaient eux-mêmes des revendications syndicales. Dans ces cas-là, ça se réglait à coup d'enveloppes, de grosses enveloppes. Les sommes ainsi perçues servaient soit à secourir un conducteur dont l'assurance hospitalière était échue, soit à compléter une bourse scolaire pour un gosse de routier, ou encore à aider un syndiqué à lever une hypothèque. Jamais un membre du syndicat ne fut arrêté plus d'une journée. Il n'y eut qu'un cas de renvoi définitif. Et ça, parce que l'intéressé, complètement bourré, était rentré à trois reprises dans le mur d'une grange avec son tracteur.

Bludner plaida la cause du soûlard auprès de son employeur, essayant de lui obtenir un poste de non-conducteur. Mais le fermier refusa. Bludner eut beau lui faire remarquer que l'homme était père de trois enfants, le fermier avait une pierre à la place du cœur. Bludner souligna que le malheureux avait déjà suffisamment de problèmes dans la vie avec son alcoolisme, inutile d'y ajouter la tragédie du chômage. Mais le fermier ne voulut rien savoir. Le lendemain cet employeur au cœur de pierre réalisa oh combien ! il avait agi avec légèreté. Il télégraphia au président de la cellule syndicale 529 pour lui annoncer que tout bien réfléchi, il avait changé d'avis. Il se serait d'ailleurs déplacé en personne pour expliquer les raisons de son revirement, mais il ne sortirait de l'hôpital qu'au bout d'un mois et les docteurs n'étaient même pas sûrs qu'il remarcherait un jour.

Abe « Pied-de-Biche » Bludner tenait sa cellule bien en main. Il était ferme, généreux avec un cœur grand comme une maison pour ceux qui travaillaient sérieusement et savaient éviter les ennuis. On ne lui connaissait pas d'erreur de jugement. Il agissait toujours dans l'intérêt de son syndicat. Pour cette raison il n'avait pas jugé utile d'inclure les autorités fiscales sur sa liste de bénéficiaires des pots-de-vin. Le gouvernement des Etats-Unis semblait ne pas s'en formaliser jusqu'à quelques jours avant l'ouverture du 85e congrès annuel de l'Internationale des Routiers.

Abe Bludner découvrit alors que le ministère des Finances était navré de ne pas avoir profité de ses largesses. Mais, somme toute, bon enfant, l'inspecteur du fisc lui fit comprendre que tout pourrait s'arranger si Bludner voulait prouver sa grande générosité en donnant à un jeune homme, excessivement méritant, une chance, par exemple, en le nommant *business agent* de la cellule syndicale.

Abe « Pied-de-Biche » Bludner essaya d'expliquer que cela lui était tout à fait impossible. Il s'agissait là d'un poste d'élu. Et les membres du syndicat n'admettraient pas que quelqu'un d'étranger à leur cellule y soit nommé d'office. Bludner s'escrima pour faire comprendre à l'agent du fisc que s'il avait un certain poids c'était justement parce qu'il ne faisait pas ce genre de choses, par ailleurs très dangereuses, car il se mettrait tout le monde à dos et perdrait son influence. Il était désolé, mais il valait mieux que le fisc lui demande autre chose.

L'inspecteur ne trouva rien d'autre à proposer que dix à quinze ans dans une somptueuse prison fédérale. Abe Bludner demanda alors poliment le nom de son nouveau protégé.

— Remo, lui répondit le soi-disant inspecteur.

— Johnny Remo, Billy Remo ? Remo quoi ?

— Remo est son prénom.

— D'accord, c'est un joli prénom et après ? Il me faut un nom de famille pour l'inscrire sur la liste des élus du syndicat.

— Jones.

— Très original comme patronyme. Je me souviens m'en être servi dans un bordel.

— Comme c'est drôle, rétorqua l'inspecteur, moi aussi.

C'est ainsi qu'en cette belle matinée ensoleillée, Abe Bludner attendait son nouveau *business agent* et délégué à la convention. A ses côtés il y avait deux autres officiels de la cellule qui lui servaient également de gardes du corps. Remo les vit de loin, bien installés dans un coin avec devant eux une table copieusement garnie. Petits gâteaux, jus d'orange, café fumant, et encore plein d'autres bonnes choses.

Remo reniflait l'odeur alléchante du bacon et des frites à vingt mètres. Chiun de même. Son entraîneur le suivait comme une ombre, Smith lui ayant demandé de surveiller le régime alimentaire de son élève, l'histoire du hamburger suffisait.

— Je savais bien que je ne devais pas manger de hamburger. Ce qui m'a surpris, c'est que je ne *pouvais* pas, répéta Remo pour la énième fois.

— Pouvoir et devoir c'est la même chose, pour l'homme sage, rétorqua Chiun. Je t'ai appris les bases et les rudiments de l'attaque et de la défense. Faut-il aussi que je t'apprenne à te nourrir ?

En approchant de la table de Bludner, le visage de Chiun se tordit de dégoût face à ces horribles odeurs de nourriture. Remo, lui, salivait. Peut-être arriverait-il à subtiliser une brioche.

— Monsieur Bludner ? demanda Remo.

— Ouais, c'est bien moi. Content de te voir, répondit Pied-de-Biche sans le moindre enthousiasme. Et lui, qui est-ce ?

— C'est mon nutritionniste, expliqua Remo.

— Il est toujours habillé comme ça ?

— Oui, c'est un kimono.

— Bon, assieds-toi donc. T'as pris ton petit déjeuner ? s'enquérit Bludner.

— Non, répondit Remo.

— Oui, contra Chiun.

— Alors c'est oui ou non ? s'étonna Bludner.

— C'est oui et non, expliqua Remo.

— Je ne comprends pas, s'impatienta Bludner.

— Ça veut dire qu'en effet j'ai mangé, mais c'est comme si je n'avais rien avalé.

— Dans ce cas, assieds-toi et prends une brioche avec une bonne tasse de café. J'ai ton dossier syndical avec moi. Je te présente Paul Barbetta et Tony Stanziani, *shop stewards* et délégués à la convention.

Ils se serrèrent tous la main. Stanziani en profita pour tenter d'écraser celle de Remo qui vit le visage du *shop steward* rougir, tant son effort était grand. Puis d'une simple pression, Remo lui foula le pouce. Il ne le fit pas parce que l'autre voulait lui écraser la main, mais parce qu'il était frustré de ne pas pouvoir manger les brioches si tentantes. Ce fut par ailleurs une erreur, car il aurait mieux valu se faire passer pour un faible.

Stanziani, sans le savoir, avait beaucoup de chance d'avoir conservé sa main même si elle lui faisait très mal.

— Ooh ! s'exclama-t-il.

— Désolé, répondit Remo.

— T'as un clou dans la main ou quoi? grinça Stanziani en soufflant sur son pouce endommagé.

Remo ouvrit la main montrant sa paume vide.

— Alors, tu prends du café et des brioches, oui ou non ? redemanda Bludner. Ecoute, ça va être déjà assez dur de te faire passer pour un camionneur avec tes airs de pédale rentrée. Ne prends pas ça pour une insulte. Mais que veux-tu, tu ne donnes vraiment pas l'impression d'être un dur et les vêtements que tu portes font plutôt femmelette. En plus, si tu ne te déplaces pas sans ton nutritionniste, tu vois un peu ce que ça va donner. On va se ridiculiser. Tu me comprends ?

— Non, répondit Remo.

— Tu n'as rien d'un *business agent,* tu ressembles plutôt à un agent de change, ou à un directeur d'une maison de couture. Tu vois ce que je veux dire ?

— Je crois.

— J'ai un certain prestige et une réputation à maintenir. Je n'ai nullement l'intention de les voir se ternir par ta faute. On est connu comme étant de solides gaillards et ça me plaît. Tu me suis ?

— Non.

— Ecoute, je vais te faire un résumé de notre histoire syndicale. Au départ, quand on a commencé à s'organiser, les compagnies engagèrent des malfrats pour nous virer. Des individus solides bien équipés, avec des crochets et des barres de fer. Les camionneurs ont alors compris que pour survivre il leur fallait aussi des costauds. C'est pourquoi ils élirent des types plutôt bien baraqués pour les représenter. Tu comprends maintenant ? Tu n'es pas le genre armoire à glace auxquels ils sont habitués. Je suis sûr que tu réussiras très bien dans ce qui te plaira, mais ici tu ne fais vraiment pas le poids. Je ne suis sûrement pas le seul de cet avis. Alors, tu seras bien gentil de rester près de Tony et de Paul. Ce sont des gars réglos, ils ne te laisseront pas tomber. Je veux dire qu'ils éviteront toute situation qui risquerait d'être gênante pour moi...

— Compris Abe, répondirent Tony et Paul à l'unisson. T'as qu'à rester à côté de nous, mon vieux, et il ne t'arrivera rien.

— Il ne lui arrivera rien s'il ne met pas de saletés dans son estomac, interrompit Chiun.

— Ecoutez toubib, il bouffera pas. Ça ira comme ça ?

Tu restes avec mes types. Tu fais ce que t'as à faire et ensuite tu disparais. On effacera ton nom des registres rapidos. C'est compris ?

Remo acquiesça de la tête. Il connaissait très bien sa mission : tuer quiconque dont la mort empêcherait la formation du super-syndicat.

Un plan de base plutôt facile. Au pire, il éliminerait même les présidents des quatre syndicats de transports. En décapitant ainsi chacun des syndicats il serait sûr d'empêcher la formation d'une super-organisation. Tout en laissant, bien évidemment, Abe Bludner porter le chapeau. Il fallait que cela apparaisse comme un règlement de compte interne. Surtout pas comme un coup du gouvernement, sinon ce serait raté, le pays ne s'en relèverait pas.

S'il ne trouvait pas une meilleure occasion, Smith avait indiqué à Remo que le vendredi, jour de clôture du congrès des routiers, les trois autres présidents des syndicats de transporteurs seraient présents sur l'estrade. Les ordres étaient donc simples. Eliminer les quatre présidents, même au vu et au su de tous les délégués présents. Après tout, Remo n'était-il pas un des adjoints de Bludner ? Par surcroît, un adjoint plutôt récent ? Tout le monde penserait donc que Bludner avait importé un tueur professionnel.

— Je sais très bien ce que j'ai à faire, répondit Remo à Bludner.

Chiun regarda Stanziani avaler un morceau de bacon d'un air horrifié comme s'il s'agissait d'un serpent vivant. Il eut la même expression de profond dégoût pour les pommes de terre. Soudain Bludner claqua des doigts.

— Vous allez voir, dit-il.

Un garçon s'approcha d'un pas glissant et se pencha vers Bludner par-dessus le bouquet de fleurs posé sur la table.

— Je veux un grand bol de crème chantilly, ordonna-t-il, des cerises fraîches dénoyautées et des cerises confites. Je veux aussi un bol de noix écrasées et une sauce chocolat chaude. Et apportez encore des brioches.

Le garçon répéta la commande. On lui rappela que les noix devaient être pilées.

— Tony et Paul, vous en voulez ? Docteur, vous aussi ? Et toi Remo ?

— Il n'en veut pas, répondit Chiun.

Bludner haussa les épaules et Remo se plongea dans une contemplation des fleurs sur la table.

— Pour qui vas-tu voter ? demanda Remo.

— Pour Jethro. Gene Jethro, répondit Bludner, laissant tomber sa fourchette sur une pile savoureuse de belles frites encore toutes chaudes. Leur bonne odeur était une véritable torture pour Remo.

— Penses-tu qu'il ait une chance ?

— Non. C'est un outsider, mais nous avons des bonnes bases de négociation. Et puis on s'en fout. L'Internationale n'a pas plus besoin de nous que nous d'elle. Alors tu votes pour Jethro, compris.

— D'après le règlement, rétorqua Remo en louchant sur un morceau de bacon qui flottait joyeusement sur un jaune d'œuf, j'ai le devoir de voter en toute liberté sans aucune contrainte, honnêtement.

— Si tu continues à parler comme ça, on va être la risée de la convention. Ecoute bien Remo, j'ai respecté ma part du contrat qui est de t'aider à t'infiltrer parmi nous, et non à nous ridiculiser. Ne nous mets pas dans une situation impossible. On aura assez de difficultés comme ça, sans que tu en rajoutes. On a passé un accord, respecte ta part du contrat.

— Il a raison, appuyèrent Stanziani et Barbetta à leur tour. Il a raison.

— C'est vrai, acquiesça Bludner.

— Vas-tu finir tes frites ? demanda Remo à Bludner.

— Non. Tu les veux ?

— Il n'en veut pas, répondit Chiun.

— Dites donc, vous devez tous être très excités par votre nouvel immeuble ? glissa Remo.

— Quel nouvel immeuble ? interrogea Bludner surpris.

— Celui qui est juste à la sortie de la ville. Magnifique d'ailleurs. Mais au fait, maintenant je devrais dire notre immeuble.

— On n'a pas de nouvel immeuble à Chicago. Notre siège est à Washington. Qu'est-ce que tu racontes ?

— Ah bon, dit Remo. Quand est-ce que je rencontrerai Jethro ?

— T'en fais pas, tu le verras bientôt. D'ailleurs il te plaira certainement, c'est un peu ton genre, si tu vois ce que je veux dire. Te fâche pas !

— Il en a de la chance, répondit Remo.

Bludner leur exposa le programme de la convention :

— Demain soir, après l'élection, il y aura une réception. Aujourd'hui, il y a l'accueil des délégués et les compte rendus d'activité. C'est sans intérêt. Tu n'as pas besoin d'y aller. Mais demain auront lieu les nominations et le vote. Là il faudra être présent. Tu votes pour Jethro. N'oublie pas de te procurer un badge et le reste de la panoplie électorale.

Le garçon revint avec son plateau. Remo perçut tout d'abord la riche odeur de la sauce au chocolat, puis les cerises confites dans de l'alcool. Posant la crème chantilly sur la table, le garçon fit légèrement trembler cette superbe montagne de douceur. Les brioches bien dorées sortaient du four encore toutes fumantes. Remo n'en pouvait plus. Il agrippa un pied de la table, ça le soulageait de le serrer un peu fort.

Chiun laissa échapper une expression coréenne que

Remo reconnut comme étant « de la merde de chien ».

Bludner prépara avec amour son mélange de brioche, cerises, sauce au chocolat et crème chantilly, puis il saupoudra le tout de noix pilées. Il recommença la même opération trois fois, léchant voluptueusement la cuillère entre chaque préparation. Tout d'un coup, la table vacilla. Les trois superbes pièces montées frémirent. Remo lâcha le pied de la table. Il l'avait cassé.

— Rentrons à l'hôtel, suggéra Chiun. Je ne peux pas regarder des gens s'esquinter l'estomac de cette façon.

— Dans une minute Chiun, répondit Remo.

Il aurait pu, à condition que ça ne lui fasse pas de mal, trahir son organisation et son pays pour cette délicieuse brioche maintenant généreusement enrobée de crème et de cerises. Même sa mère et son père s'il en avait eu. Et tout bien réfléchi jusqu'à Chiun avec un grand hourrah.

— Tu vas la manger maintenant ? demanda-t-il à Bludner.

— Ouais. Je peux t'en faire une autre si tu veux.

— Non merci. Laisse-moi simplement te regarder.

Bludner servit ses hommes. Puis entama la sienne avec sa fourchette. Il porta un morceau de brioche à sa bouche. Une cerise apparut à travers la crème et sembla vouloir tomber dans l'assiette. Remo vit la bouche de Bludner engloutir le tout.

— Aaahh, soupira-t-il.

— Si tu as faim tu n'as qu'à manger de la nourriture saine, suggéra Chiun arrachant quelques pétales d'une des marguerites qui composaient le bouquet de fleurs sur la table. Remo les attrapa en plein air du bout des doigts sachant que les autres ne verraient même pas le déplacement de ses mains.

Il en avait assez et décida de rentrer à l'hôtel avec Chiun. Il prit sa carte de syndicaliste ainsi que son insigne de délégué à la convention. Bludner lui tendit un chapeau et un badge publicitaire pro-Jethro.

Ils arrivèrent à l'hôtel au moment où les grooms montaient les malles de Chiun qui leur ordonna de s'occuper aussitôt de l'installation de ses magnétoscopes. Bien qu'ils puissent s'adapter sans problème à toutes les marques de récepteurs, Chiun, prudent, avait également emporté son téléviseur personnel. Car une fois, dans une chambre d'hôtel à Washington, un circuit électrique défectueux lui avait fait perdre un quart d'heure de son émission préférée : « Docteur Lawrence Walters, Psychiatre ». Remo n'avait pas encore compris comment Chiun s'était rendu compte qu'il avait raté un épisode puisqu'il ne se passait jamais rien dans ce feuilleton. Il l'avait en effet regardé deux fois avec Chiun, à un an d'intervalle et n'avait eu aucune difficulté à suivre.

Chiun, lui, voyait les choses tout à fait différemment. Surtout quand il s'agissait de ses feuilletons à la guimauve, absolument sacrés. Par vengeance il ne parlait pas à Remo pendant une semaine. Sachant que ce dernier était bien le seul à ne pas pouvoir supporter son silence.

Ils allumèrent la télévision et tombèrent sur une émission pour les femmes. Le feuilleton du « Docteur Lawrence Walters » serait diffusé que dans une demi-heure, suivi de « Alors que les planètes tournent » puis de « Naissance de l'aube » et de « De retour au village ». Ils disposaient donc d'une demi-heure pour faire des exercices.

Remo travailla la chute en avant. Chiun aimait dire qu'il s'agissait d'un exercice de base qu'il fallait reprendre à chaque progrès de l'élève. La première fois qu'il le maîtrisa, Remo trouva cette idée absurde. Par la suite, en progressant, il comprit que le simple fait de tomber puis de se relever pour repartir en avant décelait de nombreuses variantes et des ramifications intéressantes.

Chiun lui fit également travailler ses mains, son torse et son cou ; puis ses hanches, ses cuisses et ses pieds ; et pour finir sa respiration. Il se perfectionnait quotidiennement depuis le fameux jour où les brûlures sur son front, ses mains et ses chevilles commencèrent à guérir (1). Il y avait huit ans déjà. Il s'appelait alors Remo Williams, avait un visage différent et il était policier. Puis, sans raison, il se vit accuser du meurtre d'un trafiquant de drogue, crime qu'il n'avait pas commis. Il apprit plus tard, après avoir été inculpé, condamné et éléctrocuté publiquement, qu'il avait été victime d'une énorme machination pour faire de lui un mort-vivant.

Rares étaient ceux qui savaient respirer comme Remo. En poussant ses poumons jusqu'à la limite douloureuse, tous les jours un peu plus loin, il contraignait ses globules rouges à exploiter au maximum une quantité toujours plus réduite d'oxygène. Par cette méthode, ses cellules nerveuses étaient parvenues à un niveau de perception nouvelle.

Une fois l'exercice terminé, il prit une douche car il était en nage. Il se rasa et mit un costume gris croisé à rayures avec une chemise et une cravate également rayées. Puis se souvenant de l'apparence de Bludner et de ses hommes il retira la cravate.

— Chiun, je vais faire un tour au congrès. Qu'est-ce que je peux manger pour le déjeuner ?

— Une belle brioche bien garnie, répondit Chiun en riant.

— Arrêtez Chiun, ne m'énervez pas.

— Une bonne petite brioche, répéta Chiun en gloussant.

(1) Voir l'Implacable n° 1 ; Implacablement vôtre.

— Chiun, si vous continuez je vous casse la télévision. Qu'est-ce que je peux manger ?

— Du riz, de l'eau et cent grammes de poisson cru. Mais pas de morue ou de flétan. Et ne mange pas les écailles.

— Nom d'un chien, Chiun, je ne mangerais pas les écailles, je ne suis pas demeuré !

— Ce n'est pas si sûr. Tu mangerais bien une brioche. Ah, ah, ah...

— Ah, ah ah ! J'espère qu'ils vont arrêter « Alors que lorsque tournent les planètes », ou qu'il va y avoir une coupure de courant.

*
* *

Remo arriva tôt à la convention parce qu'il pensait que Bludner y serait déjà. En général, les cérémonies d'ouverture n'attirent pas grand monde. Remo trouva quelques femmes, quelques délégués, le président sortant et ses adjoints. Un rabbin, un curé et un pasteur récitaient des prières de circonstance. Le rabbin prêcha la charité à travers le syndicalisme, le curé, lui, fit des rapprochements entre le syndicalisme et le sexe et, enfin, le pasteur affirma qu'à notre époque, l'action sociale et l'action syndicale ne font qu'un. En somme, personne ne parlait de Dieu.

Remo s'entretint avec plusieurs délégués. Aucun ne semblait être au courant de la construction d'un nouvel immeuble dans la banlieue proche de la ville. Tout le monde voulait savoir comment les choses allaient à New York.

— Ça roule, répondit Remo.

Ils ne le trouvèrent pas drôle.

— Comment va Abe ? lui demanda un de ses interlocuteurs.

— Bien. Bien. Un type vraiment chouette.

— Ouais, c'est un mec bien. Et Tony et Paul, comment vont-ils ?

— En pleine forme tous les deux, d'ailleurs ils sont à Chicago.

— Et Billy Donescu ?

— Il va bien, mais il ne vient pas.

— Je sais qu'il ne vient pas. Il est mort depuis cinq ans, lui répondit le délégué. Dites donc, qui êtes vous ? vous n'êtes pas camionneur.

— Ne m'enquiquinez pas avec vos sottises, répondit Remo, je suis un camionneur dans l'âme.

Le délégué appela l'homme qui remplissait la fonction de *sergent at arms*(1) qui s'approcha accompagné de deux hommes. Ils furent bientôt rejoints par cinq autres gardes et escortèrent Remo vers la sortie. Avant d'arriver à la porte, les gardes, subitement, s'affalèrent sur le sol en se tordant de douleur, blessés au bas-ventre. Quant au *sergent at arms*, il avait une clavicule cassée. Les délégués ramassaient leurs dents à quatre pattes par terre. Remo retourna vers l'estrade en sifflotant gaiement.

— C'est quelqu'un ! s'exclama un des représentants. A le voir comme ça, on aurait pas cru, mais alors, ça c'est quelqu'un ! Abe s'est trouvé un sacré type cette fois-ci.

La nouvelle, d'une importance capitale pour les routiers, parvint rapidement aux oreilles de Abe « Pied-de-Biche » Bludner qui préparait les affaires sérieuses de l'après-midi. C'est un délégué de la Louisiane, un rouquin, au pas aussi traînant que son accent, qui le mit au courant.

— T'as une vraie petite merveille, lui dit le sudiste avec un sourire épanoui.

(1) Responsable de Service d'ordre militaire dans la Chambre des Députés.

— Qu'est-ce qui t'arrive ? demanda Abe en ouvrant son col de chemise.

— Ton nouveau *business agent*, ça c'est un mec !

Abe Bludner légèrement inquiet s'éclaircit la voix.

— Remo Jones ? Il est venu seul à la convention ?

— Et comment !

— C'est un type très bien dans le fond. D'accord, il a l'air un peu bizarre, mais regarde Jethro, c'est pareil. Chacun a bien le droit d'avoir sa propre méthode. De toute façon, moi, je te dis qu'il est bien.

— Ça, pour être bien il est bien. C'est un vrai dur. Du béton ! s'exclama le délégué sudiste.

— Tu veux dire qu'il a des couilles ? s'étonna Bludner.

— Et comment ! En béton ! J'ai jamais vu ça.

— Remo Jones ? Notre *business agent ?*

— Ouais.

— Hé, Tony, Paul, vous avez entendu ?

— On a entendu, répondirent-ils de la pièce voisine où ils tapaient le carton.

— Ça alors, pour une surprise, c'est une surprise, murmura Bludner.

— Vous, les types de la cellule 529, vous êtes des vrais de vrais, insista admiratif le représentant de la Louisiane.

— Qu'est-ce que tu veux, il faut bien, répondit Bludner d'un ton dégagé.

CHAPITRE VI

Remo n'était pas le seul de son organisation secrète à être présent à la Convention. Mais il n'y avait que lui qui connaissait son employeur. Les autres, rémunérés par la même caisse, informaient des individus qu'ils ne connaissaient pas dans un but qu'ils n'imaginaient même pas. A tout moment, des rapports provenant de tout le pays aboutissaient sue le bureau d'un certain Harold Smith : directeur d'un sanatorium près de Rye dans l'Etat de New York. Les dernières nouvelles étaient très mauvaises. Le projet de la mainmise sur tous les systèmes de transports de l'Amérique semblait imparable.

Le responsable syndical, qui surveillait l'installation des énormes tableaux d'affichage électronique en vue des élections, constata que le travail avançait normalement. Pas de tentatives de sabotage, pas d'offres de pot-de-vin, aucune apparition inopinée d'une armée de « plombiers » munis de laissez-passer suspects. Tout était calme et il pouvait tranquillement effectuer ses vérifications de routine.

Il se leva et se rendit à une cabine téléphonique d'où il transmit le fruit de sa réflexion à un auteur qui, croyait-il, écrivait un livre sur le syndicalisme. Il ne lui avait jamais demandé pourquoi les informations devaient lui être communiquées sur-le-champ. Il était payé régulièrement en argent liquide, ce qui lui faisait un petit bénéfice non imposable. C'était très bien ainsi.

Au même moment, un vice-président d'une compagnie aérienne passa un coup de fil de pure routine à son conseiller juridique. Ce dernier travaillait probablement pour la CIA. Mais le vice-président estimait que cela ne le regardait pas. Il avait, grâce à lui, réussi à grimper rapidement les échelons de l'entreprise et ces appels téléphoniques anodins lui paraissaient être une concession très acceptable. Il informa donc son conseiller que le président de sa compagnie était sur le point de signer un contrat dont les clauses n'étaient pas encore rendues publiques. D'après ces accords, la compagnie aurait le monopole de l'ensemble du trafic aérien pendant un mois. En échange, elle donnerait au syndicat ce qu'il demandait. En prévision de l'afflux très important de passagers, la compagnie avait déjà acheté de nouveaux avions. « C'est quand même étonnant qu'un syndicat puisse avancer de telles garanties », pensa le vice-président, « et encore plus étrange que mon conseiller soit à l'affût de précisément ce genre d'informations. »

Le même jour, un comptable de Duluth se fâcha avec son employeur, la Commission mixte de l'Union des travailleurs de chemin de fer.

— Vous ne pouvez pas vous contenter d'indiquer « contributions au syndicalisme ». Vous devez signaler de quel syndicat il s'agit. Et comme il n'est pas question de votre syndicat, je ne peux pas faire figurer ces sommes dans ma comptabilité. Il me faut des précisions. J'en suis vraiment navré, mais si un jour nous avons un contrôle fiscal, je me trouverais derrière les barreaux pour un certain temps. Sans compter que je serais rayé de ma profession.

Le comptable assura néanmoins à son client qu'il

n'était pas obligé de faire état de ces dépenses particulières, avant la fin de l'année fiscale.

— Ça ira comme ça. C'est parfait, lui assura le président de la Commission mixte. Nous n'avons besoin que d'une semaine. Le comptable chargea son assistante de remettre les livres comptables et les ordres de transfert de fonds au coffre. Elle ne s'exécuta qu'après en avoir pris des photocopies à l'intention de cet homme merveilleux qui travaillait dans un grand magasin et qui se passionnait pour ce genre de renseignements. Il était tellement généreux qu'il lui avait ouvert un compte bancaire spécial, très pratique. Elle pouvait acheter à crédit, sans verser d'acomptes, et ne payer que 1 % d'intérêts par an. Le magasin se chargeait de la différence. Son compte connaissait même des mouvements profitables. Par exemple, quand un des clients de son cabinet avait été impliqué dans une énorme escroquerie pétrolière, elle avait immédiatement pu procéder à l'acquisition d'une superbe chambre à coucher et d'une télévision couleur. A présent, elle avait envie d'une nouvelle cuisine qu'elle aurait bientôt, car l'homme merveilleux avait précisément demandé l'information qu'elle venait de lui photocopier. Peut-être en profiterait-elle pour s'acheter une nouvelle machine à laver. Mais au fond pourquoi, puisqu'elle en avait déjà deux ?

Le charmant monsieur du grand magasin fut tellement enchanté par les photocopies qu'il lui suggéra même de redécorer son salon. Après son départ, il composa le numéro de téléphone de son correspondant qui, croyait-il, travaillait pour le FBI afin de lui communiquer les documents. Ce dernier les transmit à son tour à une femme qui, elle, savait qu'elle ne travaillait pas pour le FBI mais pour un service secret du ministère de l'Intérieur dont elle était un des meilleurs programmeurs.

Elle introduisit les données dans l'ordinateur. Impossible d'obtenir un *feed back* pour contrôler son travail. C'était une mesure de sécurité qu'elle comprenait fort bien. Seuls quelques responsables de son ministère avaient accès à certaines catégories d'information.

Mais les renseignements n'allaient pas au ministère ; ils aboutissaient au sanatorium de Folcroft à Rye, Etat de New York. Sur place, un autre expert vérifiait l'*input* transmis par ligne directe de Washington. Comme beaucoup de programmeurs, il ne connaissait pas très bien la signification des informations qu'il manipulait, mais il savait qu'elles étaient une importante contribution à une étude fondamentale sur les effets de l'économie sur la santé publique. Etude qui sans doute aurait une influence décisive sur la marche des affaires du pays.

Il n'y avait qu'un seul terminal où convergeaient toutes les informations enregistrées un peu partout aux Etats-Unis. Il se trouvait chez le docteur Harold Smith, directeur de Folcroft ainsi que de l'étude en question. Dissimulés sous le plateau de son bureau en chêne massif, il y avait un tableau de contrôle et une imprimante. Le ruban de papier rose sortant de la machine était protégé par un panneau en verre permettant la lecture d'un texte d'environ 25 cm ; visible seulement quand le plateau du bureau avait été déplacé grâce à une commande électronique. Le papier, au lieu d'atterrir dans une corbeille à papier, disparaissait à jamais dans un broyeur ultra-perfectionné.

Le docteur Smith était plongé dans la contemplation du ruban rose serpentant sous le verre. Son visage jaunâtre était creusé par une amertume encore plus vive que d'habitude. Il pouvait commander un nouveau passage de l'information, mais il lui était impossible de toucher le papier de ses mains.

Par la fenêtre, une glace sans tain, derrière lui, on pouvait voir les eaux du détroit de Long Island lécher les rives. Beaucoup de monde avait traversé l'océan à la recherche d'une nouvelle patrie, d'une nouvelle justice. Un pays où un document en papier protégeait aussi bien les riches que les pauvres. Mais ce document ne protégeait plus personne. Il ne restait que l'espoir. Espoir qui prenait la forme d'un ruban rose sortant du terminal dans le bureau en chêne massif du docteur Smith. Le jour viendrait quand, la justice enfin revenue, l'organisation inconnue de tous, sauf du chef d'Etat et de deux autres personnes voués au secret, serait dissoute. N'ayant jamais existé, sa disparition ne laisserait aucune trace. C'est pour cette raison que Smith ne pouvait même pas toucher le ruban rose qui serpentait devant ses yeux. Aucune preuve matérielle ne devait subsister.

Comme l'organisation elle-même, les secrets n'avaient que quelques minutes d'existence et disparaissaient ensuite dans le néant. Les nouvelles que Smith découvrait accentuaient son teint bilieux.

— Merde ! s'exclama-t-il, en faisant pivoter son fauteuil vers la fenêtre pour regarder le détroit du *Long Island.* Il faisait nuit. Quelques lumières scintillaient au loin. Smith tambourina sur l'accoudoir de son siège.

— Et merde, répéta-t-il. Il se retourna vers son bureau et commanda un nouveau passage des informations. Elles n'avaient pas changé. Il devait se résigner, il ne pourrait pas modifier les conclusions qui s'imposaient.

Il repensa à l'époque où il pouvait encore prendre le document rose dans sa main et l'enfermer dans un tiroir. Il revit le jour où une de ces feuilles s'était accidentellement glissée dans le dossier d'affaires courantes du sanatorium. Son assistant, le plus brillant, qui, lui, ne travaillait que sur la couverture médicale, ignorant absolument toutes les autres activités de Smith, tomba dessus. Cela l'avait intrigué et quelques jours plus tard il annonça à Smith qu'il savait ce à quoi Folcroft était vraiment dédié. Tout heureux et souriant il avait exposé à Smith la vraie fonction de Folcroft telle qu'il la voyait grâce à ce qu'il avait lu sur cette fameuse feuille. Ses descriptions étaient très proches de la réalité.

— Très intéressant, avait répondu Smith en souriant. Et les autres, qu'en pensent-ils ?

— Quels autres ? demanda l'assistant étonné.

— Mais voyons, un seul homme ne peut avoir imaginé tout ça !

— Faux. Je viens de vous exposer le fruit de ma réflexion personnelle, rétorqua tout fier le malheureux assistant. Je vous connais, monsieur, et je sais que vous êtes un homme honnête et honorable, par conséquent vous ne pourriez pas être impliqué dans une affaire illégale ou immorale. J'ai donc pensé que ce que vous faites ne peut être que pour une bonne cause. Et comme je ne voulais pas nuire à la cause, j'ai gardé cette histoire pour moi. C'est d'ailleurs beaucoup plus amusant comme ça. Ce fut un problème intéressant et relativement difficile à résoudre.

— Vous avez du mérite, répondit Smith. Je pense qu'avec vous, le secret sera bien gardé.

— N'ayez aucune crainte, monsieur, et bonne chance dans votre entreprise.

— Merci. Il s'agit d'un travail passionnant mais très prenant, je pars me reposer quelques jours à Malibu Beach.

— Ça alors ! J'y suis né.

— C'est pas vrai !

— Oui. Vous n'avez donc pas lu ma demande d'inscription ? J'y suis né il y aura vingt-six ans en août. Je peux encore sentir l'odeur du Pacifique. Savez-vous que c'est une odeur tout à fait différente de celle de l'Atlantique ?

— Venez donc avec moi ! s'exclama joyeusement Smith. Venez. J'insiste absolument. J'aimerais que vous fassiez la connaissance de Remo, mon neveu.

Ce fut à la suite de cet incident regrettable que la plaque de verre fut installée avec le trajet direct du terminal au broyeur électrique. Un nouvel élément fut ajouté au dispositif afin que même si Smith oublie de le faire, l'imprimante s'arrête d'elle-même et l'habillage en bois du bureau se referme dès l'ouverture de la porte du bureau.

Le directeur du sanatorium détestait ce qu'il allait devoir demander à Remo pour cette nouvelle affaire. Tout comme il s'en était profondément voulu de ce qui était arrivé à son pauvre assistant malchanceux. Il haïssait la duplicité, l'hypocrisie et la ruse dont il devait faire preuve sans cesse. C'était contraire à sa nature. En revanche, s'il s'agissait d'un employé d'une autre agence gouvernementale qui essayait de faire chanter CURE, il appliquait la solution extrême sans sourciller. Il avait là une justification morale. Mais le cas du docteur Braithwaist c'était autre chose. De quel crime cet homme était-il coupable ? D'être un interne ? D'être plus près de la mort que son confrère ? Et le jeune assistant de vingt-six ans ? Quel avait été son crime ? D'avoir été intelligent et perspicace ? Et de plus, honnête ? Car s'il avait, sans rien dire, transmis le papier rose au *New York Times,* il serait probablement vivant aujourd'hui.

Smith contempla les derniers paragraphes retourner à l'état de pâte à papier, jeta un regard aux eaux sombres du détroit et consulta sa montre.

Remo l'appellerait d'ici cinq heures et douze minutes lorsque le branchement des circuits spéciaux serait effectué. Il n'avait pas le temps de rentrer chez lui. Il serait plus raisonnable de dormir dans son fauteuil. Peut-être recevrait-il une nouvelle information, avant le matin, qui lui permettrait de modifier l'ordre qu'il devait maintenant transmettre à Remo.

Peut-être l'équipe de réflexion attelée à ce problème

proposerait-elle une autre solution d'ici là. Les hommes qui la composaient ne connaissaient pas la signification des symboles sur lesquels ils travaillaient. Ça ne les empêchait pas d'avoir des idées parfois intéressantes, idées qu'aucun ordinateur n'aurait pu formuler. Et s'ils ignoraient l'application des théories de management qu'ils avaient échafaudées, ils n'en étaient nullement découragés.

Smith ferma les yeux, oui peut-être qu'après tout, ces hommes trouveraient une autre solution.

Il se réveilla à huit heures. Les eaux du détroit étaient gris-bleu, et blanches, scintillantes au soleil matinal. L'équipe d'étude ne tarderait pas à lui communiquer le résultat de leurs réflexions nocturnes. Smith l'avait demandé pour la première heure. Une sonnerie retentit et il appuya sur l'interphone :

— Oui.

— On l'a ! s'écria la voix.

— Venez, répondit Smith. Il appuya sur un autre bouton et la lourde porte en chêne de son bureau s'ouvrit. Au même moment le panneau de bois de sa table de travail cachant le terminal se referma lui coinçant douloureusement le coude.

— Il y a quelque chose qui ne va pas, monsieur ? lui demanda son visiteur.

— Non, ce n'est rien. Qu'avez-vous trouvé ?

— D'après les relations qui règnent entre les différents groupes concernés par ce contrat d'achat et de vente de grains, nous obtenons, considérant toutes les variantes, une rupture des négociations.

— Je vois.

— Il n'y a pas d'autre possibilité. Dans l'absence d'une autre denrée de base sur le marché, la personne qui réunit la représentation exclusive des innombrables marchands de grains qui jusqu'ici n'avaient que des liens très lâches entre eux, pointe inévitablement un revolver sur la tempe de l'acheteur. Il ne propose plus ses prix, il les impose.

— Il n'y a pas d'alternative ?

— Non. Pas avec les données dont nous disposons actuellement. La seule chose à noter, est qu'avec l'augmentation des prix il y aura forcément une baisse de la demande, ce qui stabilisera les cours, mais bien sûr à un niveau élevé.

— Et qu'arrive-t-il si le vendeur de grains ne veut pas vendre ?

— C'est une hypothèse absurde, monsieur. Il doit vouloir vendre sinon pourquoi aurait-il bloqué le marché ? Son but est bien de vendre, non ?

— Oui, vous avez sûrement raison. Merci.

Lorsqu'il était de nouveau seul, Smith donna un coup brutal sur l'accoudoir de son fauteuil tout en s'exclamant :

— Merde ! Merde et merde !

Remo l'appela à huit heures et quart.

— Remo ? demanda Smith.

— Non, Greta Garbo, répondit la voix de Remo.

— Je suis content, vous m'avez l'air en forme. Vous pouvez procéder à l'étape suivante dès maintenant. Je crains que nous ne soyons obligés de recourir au plan extrême que nous avions envisagé.

— Celui que vous étiez si sûr de ne pas avoir à appliquer.

— C'est exact.

— Dans ce cas pourquoi ne pas bombarder tout simplement la Convention ? Ce serait plus simple et radical.

— Je ne suis pas d'humeur à écouter des bêtises.

— Ecoutez-moi. Introduisez dans vos ordinateurs une nouvelle donnée : je refuse d'exécuter ce plan, qu'il trouve autre chose. Sinon, moi je trouverai...

— Remo. Il ne m'est pas facile de vous demander

cela. Mais il faut vous préparer pour l'exécution du projet. Vous savez bien qu'il n'y a personne d'autre.

— Ce n'est pas mon problème si je suis le seul.

— Vous le ferez quand même.

— Si vous tenez vraiment à le savoir, eh bien, non. Car je suis actuellement déprimé comme je ne l'ai jamais été, probablement à la suite de mon accident alimentaire. La dépression c'est un sentiment humain, vous ne pouvez donc pas comprendre. Savez-vous que je suis un être humain, moi, espèce de salaud? Vous m'avez entendu : je suis un être humain !

Remo raccrocha. Smith tambourina de plus belle sur son accoudoir. Remo avait été exceptionnellement agressif. Il y avait de la rébellion dans l'air. Mais Smith ne s'en faisait pas. Il savait que Remo ferait ce qu'il devait faire. Car, il n'y avait plus de choix pour Remo. Il ne pourrait pas ne pas exécuter sa mission, pas plus qu'il ne pouvait manger un hamburger bourré de glutamate monosodique.

CHAPITRE VII

La convention battait son plein. Les gens à la queue leu leu, se tenant par les épaules, serpentaient en trottinant dans les allées, scandant des slogans en faveur de leurs candidats respectifs. La bière coulait à flot, la file d'attente devant les toilettes en était une preuve. Il y avait trois candidatures pour le poste de Président du syndicat de l'Union Internationale des Routiers. Chacune soulevait un tollé de cris et d'applaudissements suivis d'un défilé des supporters brandissant leurs pancartes. Tout se passait comme si l'élection du vainqueur se faisait à la puissance des décibels et non au nombre de votes.

Quand on prononça le nom de Gene Jethro, Abe Bludner empoigna son énorme panneau et se leva, suivi de toute sa délégation pour encombrer à leur tour l'allée centrale avec les autres supporters de son candidat. Remo resta tranquillement assis, les jambes croisées, l'air pensif, le menton dans le creux de la main.

Sa méditation solitaire au milieu de plusieurs rangées vides ne passa pas inaperçue. Gene Jethro debout sur l'estrade, rayonnant et hurlant, s'interrompit pour demander à Negronski :

— Qui est-ce ?

— C'est le type qui a réglé leur compte au *sergent*

at arms, aux gardes et aux représentants de l'Arizona.

— Ah ! C'est lui. Quand tu pourras l'approcher discrètement, dis-lui que j'aimerais le voir.

L'expression sur le visage de Gene Jethro n'avait pas changé durant son aparté avec Negronski, il continuait à resplendir de joie, debout au milieu de la scène. Il remarqua l'air faussement désintéressé de son adversaire et lui adressa un de ses sourires légendaires. Le concurrent le lui rendit en lui criant :

— Je vais te foutre à la porte du syndicat.

— T'es fini, mon vieux. T'es un homme fini, lui lança Jethro le visage illuminé de bonheur.

De la salle on aurait pu croire à un échange cordial entre deux adversaires amis. Remo ne regardait pas. Il percevait l'ambiance survoltée, les cris, les mouvements mais il n'écoutait, ni ne regardait. Il réfléchissait sur lui-même. Il savait que depuis plusieurs années il se mentait. Il avait suffi d'un hamburger sans rien d'extraordinaire, d'un hamburger comme en mangent des millions d'Américains tous les jours, pour l'obliger à regarder la vérité en face.

Quand il avait accepté de travailler pour l'Organisation, il pensait qu'ensuite, un beau jour, il laisserait tomber. Mais une mission avait suivi l'autre. Il pensait toujours qu'il allait partir dans un mois ou deux. Quelquefois il décidait de s'en aller l'après-midi même. Ces après-midi avaient été suivis de semaines, de mois, d'années. Et chaque jour son entraînement s'intensifiait.

Chaque jour Chiun travaillait son esprit et son esprit travaillait son corps. Il n'avait pas remarqué l'évolution qu'il subissait peu à peu. Il s'était bien rendu compte qu'il était un peu plus rapide qu'un boxeur, un peu plus fort qu'un haltérophile et un peu plus retors qu'un judoka. Il savait bien que son corps était mieux entraîné, plus réceptif, mieux accordé. Mais il pensait toujours, et n'en démordait pas, qu'il n'était pas pour autant vraiment différent des autres.

Il croyait encore qu'il pouvait fonder une famille et même, peut-être, avoir un job régulier comme tout le monde. En faisant bien attention, en restant constamment sur ses gardes, il parviendrait certainement à tenir une dizaine, une quinzaine d'années, avant qu'un émissaire de CURE ne frappe à sa porte pour lui tirer une balle dans la figure. (Si c'était son successeur, c'est une main qu'il aurait à travers la figure.)

Dix ou quinze ans d'existence bien à lui, avec des gens pour qui il était nécessaire et dont lui aussi avait besoin. Il savait que la seule personne qu'il aimait vraiment l'assassinerait si elle en recevait l'ordre. C'est ça, les affaires. Ce qui dérangeait le plus Remo, était qu'il savait très bien qu'aujourd'hui, si on le lui demandait, il descendrait Chiun. Par la même occasion il saurait s'il était capable de battre le Maître de Sinanju ; son professeur. Dans le seul but de savoir, il serait capable d'exécuter les ordres.

Il se haïssait. Au fond il n'était pas différent des assassins de Sinanju. Seule la couleur de sa peau le différenciait des autres. Or, ce n'est pas une vraie différence, il le savait.

Les délégués donnèrent libre cours à leur joie durant les vingt minutes allouées aux supporteurs de chaque candidat, puis regagnèrent leurs places, hurlant à s'éclater les poumons. La délégation de New York passa devant Remo, il ne les vit même pas. Bludner s'assit à côté de lui et lui tendit leur pancarte. Remo la prit comme un automate sans le regarder.

— Ça va pas mon garçon ? lui demanda Bludner.

Remo ne répondit pas. Il leva les yeux et regarda la banderole qui flottait sur l'estrade. Il pensa immédiatement aux courants d'air, et à cette période d'entraînement où, durant des mois, il avait appris à se plier à la force de l'air comme s'il n'était qu'une plume, à s'en servir comme d'une force, d'un allié. Cette réflexion lui vint avec un tel automatisme qu'il la détesta.

Même son esprit ne lui appartenait plus. Pourquoi donc s'étonner si son corps réagissait, même quand il ne le lui demandait pas ? Pourquoi serait-il surpris de ne pas pouvoir manger un hamburger contenant du glutamate monosodique alors qu'un enfant le pourrait sans conséquence ? Il comprenait maintenant pourquoi il avait crié à Smith au téléphone qu'il était un être humain. Comme tous les mensonges, celui-là aussi avait nécessité une démonstration énergique.

Remo observa les courants d'air qui jouaient avec la banderole. Puis il se mit à penser qu'une poutre s'effondrant sur la plate-forme du *speaker,* bien orientée pour ne pas tomber à plat mais inclinée, serait une solution envisageable. Il se leva pour vérifier le nombre de rangées de sièges sur l'estrade. En tombant bien, la poutre toucherait les deux premières rangées n'épargnant que la troisième.

— Abe, passe-moi un programme, demanda Remo.

— Comment se fait-il que ça t'intéresse tout d'un coup ?

— Ça m'intéresse, ça m'intéresse, passe-moi un programme.

— Hé Tony, donne un programme au gosse, cria Bludner.

Un dossier avec le sigle du syndicat passa de main en main le long de la rangée jusqu'à Remo.

— Merci, dit Remo sans quitter la scène des yeux. Il ouvrit la chemise et parcourut le programme de la journée de mercredi : discours du nouveau président, modifications du règlement interne, discours d'un sénateur du Missouri. Ça n'ira pas. Jeudi : hommage aux épouses des camionneurs, discours du président de l'American Legion et vote des modifications proposées.

Ça n'ira pas. Vendredi : discours des différents présidents de l'Union des travailleurs du chemin de fer, de l'International des dockers, de l'Association des pilotes de lignes et, pour clore le Congrès, l'allocution du ministre du Travail. C'était parfait. Il se tourna vers Pied-de-Biche :

— Pour prononcer leurs discours, les types viennent-ils juste au moment où c'est leur tour de parler, ou sont-ils présents dès le début de la séance ?

— Ils doivent être là tout le temps, répondit Bludner. Pourquoi ?

— Comme ça. Ils doivent s'emmerder.

— Ecoute, souviens-toi, c'est pas moi qui t'ai supplié de venir.

— Je sais. Je sais. Mais être assis là, au troisième rang, derrière deux rangs de types, attendant de faire son discours, doit être vachement ennuyeux.

— Ils ne sont pas au troisième rang, petit, mais au premier. Ce sont des invités d'honneur. Je pensais qu'ils enverraient un type avec un peu de cervelle mais alors toi, t'es plutôt, je veux pas te vexer, t'es plutôt lourd.

— Ouais, t'as peut-être raison, admit Remo se rasseyant.

La banderole claqua, ondula un moment, puis s'immobilisa avant de se remettre en mouvement. La poutre était certainement fixée avec des boulons. Avec l'éclairage venant du plafond, une personne manœuvrant le long du treillis pourrait passer inaperçue. Et si la poutre s'effondrait au moment du discours du ministre du Travail, au pire il souffrirait d'une colonne vertébrale brisée.

Vendredi donc, avant la dernière séance, il grimperait jusqu'en haut de la poutre, la libérerait un peu, assez pour que sous l'effet des vibrations elle se détache d'elle-même. Même principe qu'une allumette en équilibre ; mais une allumette de plusieurs centaines de kilos.

Remo jaugea les courants d'air : pas assez puissants pour la faire tomber seule, mais suffisant si on les aidait.

Il regarda l'estrade une dernière fois. Si Bludner se trompait sur l'occupation des sièges, il devra se débrouiller. Cette solution ne lui plaisait guère. Il la trouvait trop risquée. Non seulement au niveau de l'exécution, mais aussi pour CURE. Ça fera trop de bruit, provoquant une enquête sérieuse qui risquerait de mettre l'organisation à jour.

D'un autre côté Smith avait clairement exposé les dangers que représentait la formation du super-syndicat : Quiconque contrôlerait tous les moyens de transport, tiendrait le pays à sa merci. L'augmentation des prix qui en découlerait serait supportée, comme d'habitude, par le petit consommateur.

La viande, les fruits et légumes, le lait, déjà trop chers, subiraient une nouvelle hausse qui dépasserait le pouvoir d'achat des habitants d'un pays, qui peuvent aujourd'hui se targuer d'être les mieux nourris du monde. Les chômeurs et les salariés se verraient réduits au régime alimentaire des pays les plus pauvres. Pour contrebalancer cette augmentation du coût de la vie, les salaires eux aussi seraient relevés, ce qui mènerait à une inflation comme ce pays n'en a jamais connue. Les citoyens américains iraient faire leur marché avec des caddies pleins de dollars papiers pour ne rapporter qu'un peu de nourriture dans leurs poches.

Et si ce super-syndicat se mettait en grève, on se retrouverait face à une crise de l'emploi qui ferait passer celle des années trente pour une petite plaisanterie. Ce monstre du syndicalisme risquait d'annihiler le pays si sa formation n'était pas arrêtée à temps. Car il fallait éviter également l'autre extrême, celle où le Congrès voterait de nouvelles lois mettant fin au syndicalisme. Ce serait alors la fin d'un mouvement qui avait puissamment contribué à l'amélioration des conditions de vie de l'ouvrier.

Pour contrebalancer tous ces maux, il y avait la vie de quatre hommes. S'il n'y avait pas d'autres moyens, il fallait qu'ils meurent.

Remo reporta toute son attention sur la fameuse poutre.

— Hé Abe, dit-il.

— Ouais, mon garçon.

— Pourquoi penses-tu que Jethro ne gagnera pas ? Qui l'en empêcherait ?

— D'abord la Nouvelle-Angleterre. Ils forment un bloc solide et leur leader McCulloch est anti-Jethro. Il le déteste. Il a d'ailleurs essayé de me faire changer de candidat, mais j'ai refusé. McCulloch va mettre le paquet contre Jethro. Le candidat qui aura la meilleure chance de battre Jethro verra tous les types de la Nouvelle-Angleterre voter pour lui. Ça représente trop de voix.

Remo parcourut la salle des yeux.

— Montre-moi McCulloch.

Sans se lever Bludner lui indiqua un endroit devant lui sur la droite.

— Une vingtaine de rangs dans cette direction, au milieu des délégations du Massachussets, Connecticut, Maine, Vermont et New Hampshire. Tu ne verras pas sa tête, mais tu pourras voir des types aller et venir vers un seul point, pour se concerter. A cet endroit précis, il y a un homme d'un mètre quatre-vingt-cinq, à la tignasse rousse, pesant bien dans les cent cinquante kilos. C'est McCulloch.

Remo se leva mais ne put voir aucune des allées et venues décrites par Bludner.

— Je ne vois rien de particulier.

— Mais si, ça doit être par là, regarde, insista Bludner.

— Hé, assieds-toi ! gueula une voix derrière Remo.

Remo vit bien, une vingtaine de rangs plus loin, la pancarte indiquant les Etats de la Nouvelle-Angleterre, mais pas la moindre agitation.

— Mon vieux, je te le demande gentiment, tu veux pas t'asseoir ? répéta la grosse voix.

— Assieds-toi, Remo. Ou vas-y voir, dit Bludner. Et vous, foutez la paix au gamin, il s'assiéra dans une seconde.

A l'endroit qui l'intéressait, Remo vit finalement un colosse entrer dans une rangée, s'arrêter, se pencher en avant comme s'il allait parler à quelqu'un, mais non, il s'assit.

— Alors on s'assied ? insista la voix et au même moment Remo sentit une main sur son épaule. Il l'attrapa et lui cassa les articulations des doigts. Ce qui se passait derrière lui ne l'intéressait vraiment pas. Où donc était ce McCulloch ? Il ne lui restait plus qu'à aller voir sur place. Il s'apprêtait à y aller, quand il remarqua Bludner qui l'observait avec une drôle d'expression. En se retournant, il vit un homme du genre armoire à glace qui serrait sa main droite dans sa main gauche, dansant d'un pied sur l'autre sous l'effet de ce qui semblait être une grande douleur. Remo jeta un coup d'œil à la main. Quelqu'un la lui avait brisée. Les articulations pendaient comme des saucisses chez le charcutier. « C'est sûrement le bonhomme qui m'a mis la main sur l'épaule », se dit Remo, qui compréhensif suggéra :

— Fais couler un peu d'eau froide dessus.

Il demanda à Bludner, abasourdi, de l'excuser et partit à la recherche de McCulloch.

— Faut pas lui marcher sur les pieds, il est très susceptible, expliqua Bludner à l'armoire à glace.

Remo, arrivé à hauteur des représentants de la Nouvelle-Angleterre, chercha McCulloch. Il l'appela gentiment puis se fit très grossier, en vain. Pas de McCulloch.

— Hé les gars, où est passé McCulloch ? demanda-t-il finalement.

Le colosse en blanc, qu'il avait vu se glisser dans la travée tout à l'heure, lui cria :

— Qui le demande ?

— Remo Jones, délégué de New York.

— Il n'est pas ici.

— Où est-il ?

— Il est parti.

— Dites donc, c'est un badge pour Jethro que vous portez tous ?

— Non, c'est pour Mickey.

— Bravo, tu en as de la repartie pour un illettré, dit Remo ne trouvant pas de meilleure injure.

— Je ne suis pas un illustré, s'énerva le colosse. L'illustré, c'est toi.

Pas mal, comme dialogue sur la politique syndicale !

Bludner se montra vivement intéressé quand Remo lui parla du badge électoral. Il l'écouta attentivement lui raconter que McCulloch n'était pas là, et que personne ne voulait dire où il était.

— J'aurais pu jurer d'avoir vu des types de la Nouvelle-Angleterre parader tout à l'heure pour la nomination de Jethro, glissa-t-il à l'oreille de Remo. Puis, il se leva comme un ressort, fit signe qu'on lui passe le micro qui se trouvait au bout de sa rangée et monta sur deux chaises qui craquèrent douloureusement.

— Je veux la parole, hurla-t-il au président de la séance. La délégation des commissions de l'Etat de New York a une requête à formuler.

Le président de la séance céda la parole au délégué de New York.

— Monsieur le président, frères de tous les Etats, collègues conducteurs. C'est une disgrâce ! C'est une insulte ! C'est une injustice ! s'époumonait Abe « Pied-de-Biche » Bludner, que la photo d'un des plus grands hommes du syndicalisme, un homme qui a su lutter pour les droits des travailleurs, ne soit pas correctement exposée dans cette salle. Je veux parler du meilleur défenseur de l'Internationale des Routiers : Eugène Jethro notre prochain président...

La voix de Bludner fut noyée par les hourras et le président de la séance frappa la table avec son marteau pour calmer les esprits. L'enthousiasme n'en fit que redoubler.

Abe Bludner se rassit très fier et très calme au milieu du chaos qu'il avait engendré.

— Merci pour le tuyau, dit-il à Remo.

Mais Remo ne l'entendit qu'à peine. Il était replongé dans ses évaluations de la poutre. Etait-elle récente ou avait-elle été installée lors de la construction du Palais des Congrès ? C'était important à savoir quand on s'apprêtait à la laisser tomber sur la tête de quelqu'un.

CHAPITRE VIII

Trois formations de jazz jouaient des airs de rock d'il y a six mois.

Des femmes, aux visages aussi rigides que leurs chignons laqués, se pavanaient fièrement au bras de leurs imposants maris en smoking. Ici et là des originaux arboraient des vestes écossaises, et leurs épouses des fourreaux noirs. Ici et là, quelques personnes n'étaient pas dans la moyenne d'âge ni des classes moyennes ni moyennement ennuyées, mais tout simplement à côté de leurs pompes.

Cette soirée de célébration de la victoire de Gene Jethro avait tout de ces manifestations classiques qui, si on y ajoutait quelques chapeaux pointus, serpentins et langues de belle-mère, auraient pu passer pour une fête de réveillon typiquement américaine.

Les conducteurs et leurs délégués sont de bonnes gens aux solides valeurs familiales. Des hommes avec leurs voitures, leurs maisons, leurs postes de télévision, tout le confort et les problèmes d'une classe moyenne unique dans l'histoire du monde. Aucun autre pays n'a donné autant à ses travailleurs. Nulle part ailleurs ils sont aussi bien organisés pour défendre leurs droits. En remerciement pour les bienfaits ces hommes avaient envoyé un concitoyen dans l'espace et gagné des guerres sur deux océans simultanément.

Aucun autre pays ne pouvait en dire autant. Certains de ces mêmes individus pouvaient à l'occasion dérober une caisse de whisky, mais très peu d'entre eux seraient capables de participer à un détournement. Le drapeau de leur pays flottait fièrement à chacune de leurs conventions. Le pays savait qu'en cas de coup dur, on pouvait compter sur ces hommes. Ils nourrissaient et habillaient leurs familles et quand on jouait l'hymne national ils mettaient la main sur le cœur.

Peu d'entre eux, probablement aucun, ne comprenaient comment Gene Jethro avait réussi à se faire élire président. Quelques-uns confessaient à leurs amis que s'ils avaient pensé une seconde que Jethro avait une chance de gagner, ils auraient voté pour quelqu'un d'autre. Mais après le troisième whisky de la soirée, leur avenir leur parut moins précaire et plus joyeux. Jethro avait remporté l'élection.

Il devait sûrement sa réussite à son intelligence. Il fallait être malin pour conclure de bonnes alliances. Par ailleurs il avait une bonne presse. Il n'était donc pas si mauvais que ça. D'accord, il parlait bizarrement et s'habillait étrangement, et alors ? Joe Namth lui aussi avait des manières un peu spéciales, ça ne l'empêchait pas d'être un des meilleurs footballeurs sur le terrain. Cet optimisme, copieusement arrosé d'alcool, dura jusqu'à l'apparition de l'heureux élu et de sa maîtresse.

Les premières acclamations, celles qui volent toujours au secours de la victoire et de la puissance, jaillirent spontanément, puis moururent doucement sur les lèvres. Les femmes s'arrêtèrent les premières, supportant déjà difficilement la combinaison de velours bleue, ouverte jusqu'au nombril, de Gene Jethro, elles refusèrent catégoriquement d'admettre la tenue de sa maîtresse. Jeune, belle et blonde, elle portait une robe en filet, transparente, sans rien en dessous, ouverte non pas jusqu'au nombril, mais à partir du nombril. Ses longs cheveux blonds voltigeaient autour de sa tête quand elle envoyait des baisers du bout des doigts à l'assemblée glaciale et stupéfaite.

Certaines femmes réagirent en donnant des coups de coudes à leurs maris, d'autres se cnntentèrent néanmoins de regards incendiaires. Une femme lança même son verre de champagne, qu'elle savourait auparavant, à la tête de son compagnon.

— Une honte ! s'exclama-t-elle.

— Il faudrait au moins qu'il l'épouse maintenant qu'il est président, ajouta une autre.

— C'est incroyable, acquiesça une troisième.

Il ne faut pas croire que ces hommes et ces femmes n'avaient pas d'instinct de reproduction normal. Ils estimaient tout simplement qu'il s'agissait d'une activité privée qui devait avoir lieu en dehors de la famille. Presque tous ces hommes s'étaient organisés, même s'il ne s'agissait que de la prostituée du coin une ou deux fois par mois. En compensation, les femmes avaient leurs interminables séances de papotage et les montagnes de chocolat. Mais faire entrer le sexe de cette façon dans une réunion familiale était absolument inconvenant.

— Ton président ! Ton président et sa, sa pute ! Je ne sais pas quel esprit mal tourné s'est emparé des conducteurs, mais laisse-moi te prévenir, Siggy, il faudra que le baromètre descende en dessous de zéro au mois d'août pour que je te laisse poser tes sales pattes sur moi, grogna madame Negronski.

Son mari haussa les épaules. Il y avait des menaces bien pires. Ce qui était plus gênant, c'est que sa femme ne lui adresserait plus la parole, comme si les deux choses allaient de pair.

Quand madame Abe Bludner aperçut le corps mince et délicat à travers les trous-trous du filet, elle sombra dans une profonde dépression, s'empiffrant immédiatement de quelques canapés pour se remonter le moral. Ayant retrouvé ses esprits, elle se tourna vers son mari, pour lui rappeler comment en 1942 il l'avait abandonnée dans un parking dans la rue principale et qu'à ce moment-là, elle aurait dû se douter qu'un jour il serait suffisamment irresponsable pour élire un exhibitionniste qui mériterait d'être enfermé. La prison pour ceux qui se montrent. Le pardon étant réservé à ceux qui fendent le crâne de leur prochain avec un pied-de-biche. Ça au moins est normal et décent.

Les trois orchestres jouaient des trompettes et des tambours, Gene Jethro saisit l'un des micros. Un applaudissement solitaire ne fit qu'accentuer l'atmosphère glaciale.

— Salut les gars, commença Gene Jethro.

Silence de mort.

— Je suis vraiment content que vous soyez venus célébrer cette victoire avec moi. Car il s'agit d'une victoire pour tous les conducteurs du pays. Nous allons faire de grandes choses ensemble. Des choses importantes. Vous verrez.

Quelques applaudissements sans conviction.

— Ce qui aujourd'hui me tient le plus à cœur, c'est notre nouveau salaire de base. Les pilotes dans l'aéronautique gagnent plus de trente mille dollars par an. Les dockers, s'ils travaillent bien toute l'année, arrivent à ramener dix-huit mille dollars à la maison. Si l'un de nos routiers gagne quinze mille dollars par an, il se débrouille très bien. Eh bien, moi, je ne suis pas d'accord. Je ne vois pas la différence entre un homme qui transporte du fret sur terre et un homme qui décharge un bateau. Je ne vois pas la différence entre un homme qui conduit un camion sur les routes et un homme qui pilote un avion dans le ciel.

« Ça fait trop longtemps que cette situation dure et que tout le monde l'accepte. Trop longtemps que nous devons nous satisfaire de quelques centaines de dollars. Trop longtemps que nos hommes rentrent chez eux le soir fourbus et éreintés pour, au mieux, deux cents malheureux petits dollars par semaine.

Jethro s'arrêta un instant pour permettre à l'assemblée de bien s'imprégner de son indignation.

— T'as raison Gene, continue. Faut pas se laisser faire, hurla une femme dans l'assemblée.

— Nous sommes le syndicat de transport le plus important et le plus puissant du pays, du monde.

Des acclamations saluèrent cette nouvelle déclaration. Jethro leva les bras pour calmer son auditoire.

— On veut me faire croire qu'un conducteur ne vaut pas vingt mille dollars par an ?

Soupirs de résignation et applaudissements épars.

« Je me chargerai de leur faire comprendre que s'ils veulent manger et boire convenablement, recevoir leur nouveau téléviseur et leur voiture neuve, il faut payer nos routiers vingt-cinq mille dollars par an. Ensuite, ces conducteurs vont verser à leurs représentants des salaires décents, des salaires normaux pour des gens chargés de représenter des travailleurs gagnant vingt cinq mille dollars par an. Je vous parle de cent mille dollars par an pour un *business agent,* de cent dix mille dollars pour un secrétaire général, de cent quinze mille dollars pour un vice-président et de cent vingt cinq mille dollars pour un président de cellule. »

Le silence régnait mais les visages exprimaient le bonheur. Incrédules, mais heureux, ils n'osaient pas bouger, attendant la suite.

« Y en a-t-il parmi vous qui trouvent ces chiffres trop élevés ? Peut-être certains d'entre vous pensent-ils que nous n'arriverons jamais à obtenir satisfaction ? D'autres qu'il ne s'agit que de belles promesses ? Laissez-moi vous poser une question. Qui parmi vous a vraiment cru, ne serait-ce qu'un instant, que je pourrai être élu président de ce syndicat ? Allez-y, levez la main. Levez la main. T'es gonflé, Siggy, de lever le bras. Hier encore tu me prédisais que nous finirions en prison. »

Hilarité générale.

« Vendredi vous allez voir comment nous allons contrôler le pays, aussi facilement que le débit d'un robinet. Vendredi vous comprendrez pourquoi le salaire de base d'un routier sera de vingt-cinq mille dollars par an si nous le souhaitons. Vendredi vous pourrez me voir à l'action. Je vous promets, oui je vous promets solennellement que je tiendrai parole. Je vous promets même que si vous n'en aviez pas la preuve vendredi, je démissionnerais. Vous verrez. Je sais respecter mes engagements. »

Jethro ramena ses bras le long du corps et fixa son auditoire. Un silence grave régnait. Puis soudainement, quelqu'un se mit à applaudir et ce ne fut plus qu'une énorme marée d'acclamations. Des femmes se précipitèrent vers l'estrade pour lui embrasser les mains, luttant avec leurs maris, qui, eux, essayaient de serrer ces mêmes mains. Les trois orchestres tentaient en vain d'accompagner la joie générale. Ils furent noyés par les cris des routiers et de leurs épouses.

La foule se mit à scander :

— Jethro ! Jethro ! Jethro ! Jethro !

La robe de sa petite amie fut arrachée dans la mêlée. Ça n'avait guère d'importance, car elle ne cachait rien du tout.

Ayant reçu l'offrande tumultueuse de ses admirateurs, Jethro se retira gracieusement faisant à Negronski un signe pour qu'il le suive.

Caché derrière un des orchestres, il lui demanda :

— Pourquoi ce délégué de New York n'est-il pas présent ce soir ?

— Je lui ai dit de revenir. J'ai même insisté, répondit Siggy.

— Et alors ?

— Je ne sais pas très bien. Il a fait une réponse bizarre. Il a dit que maintenant ça ne changerait rien.

— Ecoute, il semble vraiment étrange. En plus, on raconte des choses inquiétantes à son sujet. Je veux absolument le voir, il faut qu'il soit dans ma suite à l'hôtel demain à midi. Ou alors je veux qu'on s'arrange pour qu'il ne puisse pas du tout venir. Tu m'as compris ? Tu n'as qu'à y aller avec Pigarello et sa bande de la Nouvelle-Angleterre. Laisse-leur faire le sale boulot. D'autre part, si Bludner t'emmerde, dis-le-moi tout de suite, j'arrangerais ça.

— Bludner ne te laissera jamais faire pression sur un de ses gars !

— Crois-tu vraiment que Remo Jones ressemble à un type de Bludner ?

— « Pied-de-Biche » le couvre.

— Je te parie ce que tu veux que Bludner ne bronchera pas. Même si nous clouons ce Remo Jones à l'avant d'un tracteur pour le faire défiler dans la salle du congrès.

CHAPITRE IX

Le compte rendu de l'élection de Jethro dans la presse le lendemain était un modèle classique du genre. Remo le lut à Chiun qui aimait bien les histoires dans les journaux. Il les trouvait presque aussi belles que celles des feuilletons dont il raffolait. Il y retrouvait les bons et les méchants avec les événements tragiques qui changeaient le cours de leurs existences. Chiun adorait également les chansons mélodieuses interprétées par les hommes politiques et les leaders syndicalistes.

« Chansons » était le terme favori de Chiun pour désigner les merveilleux discours. Il se contentait de les juger d'après les idées défendues et les mots utilisés. Leur véracité et leur réalisme ne l'intéressaient guère. Chiun aimait à dire que la vérité gâchait les très bonnes chansons.

— Continue, demanda Chiun, s'asseyant en lotus, les plis de sa robe cascadant autour de sa frêle silhouette.

— Dernière nouvelle de Chicago, lut Remo. En élisant hier Gene Jethro, vingt-six ans, à la présidence de leur syndicat, les camionneurs viennent de changer leur image de marque. Finis les ventres rebondis par l'abus de la bonne bière et des geuletons. Le nouveau style est à la finesse et au raffinement. Jethro apparaît, après une lutte âpre de deux mois, comme un fin politicien aux manières élégantes. Il nous a déclaré : « Je crois que l'époque des fiers-à-bras est révolue. L'image du routier costaud prêt à se battre et à faire la grève pour soutenir ses revendications est de l'histoire ancienne. Nous sommes un nouveau syndicat avec de nouveaux principes. Nous cherchons une meilleure communication avec le public. Nous ne tomberons plus dans les vieux pièges ; les attitudes racistes, réactionnaires et violentes. Nos camions nous mènent vers une vie meilleure, pour nous, nos familles et nos voisins. » Il qualifia son élection de concrétisation de ce désir profond de changement chez ses électeurs. Il ajouta que l'Amérique avait besoin d'un front de transport organisé, mais n'en dit pas plus.

Chiun approuva de la tête.

— Y a-t-il quelque chose sur le Vietnam ? Je trouve qu'il fournit le sujet des plus belles chansons.

— Ils parlent d'une nouvelle offensive.

— Lis-la-moi.

Remo s'exécuta et Chiun approuva à nouveau.

— Pourquoi ton gouvernement n'a-t-il pas soutenu le Nord ? Vous avez plus d'argent que les autres, pourquoi ne pas les avoir soutenus ?

— Parce qu'ils sont communistes, Chiun.

— Communistes, fascistes, démocrates, monarchistes, loyalistes ou phalangistes, quelle importance ? Ce qui compte, c'est de gagner. Même toi, tu sais ça. Ils sont vraiment trop bêtes dans ce pays. Enfin. C'est l'heure du déjeuner. Aujourd'hui tu peux manger du canard.

— Rôti ?

— Non, cuit à la vapeur.

— Oh ! Et où vais-je trouver un canard cuit à la vapeur ?

— Nous le ferons cuire ici.

— Ouais.

— Tu achèteras un canard d'un quart de *stone* (1), précisa Chiun.

— On ne pèse plus en *stones* Chiun, vous le savez. Je prendrai un canard de trois livres.

— Un quart de *stone,* répéta Chiun refusant d'être contaminé par les mesures occidentales et de poursuivre la discussion car c'était l'heure de « Naissance de l'aube ».

*
* *

Remo franchissait la porte de l'hôtel lorsqu'un bonhomme grassouillet l'aborda. Il se présenta comme étant monsieur Pigarello. Il expliqua que Jethro désirait le voir, et que celui-ci était déçu que Remo n'ait pas assisté à la célébration de sa victoire hier soir. Mais il ajouta que, Jethro étant un homme qui savait pardonner, tout s'arrangerait si Remo venait le voir maintenant. Et lui, Pigarello, était persuadé que Remo ne pouvait pas avoir autre chose de plus important à faire que de répondre à l'invitation du nouveau président du syndicat.

— Si, acheter un canard d'un quart de *stone,* répliqua Remo.

— Quoi ?

— Ecoute, sois gentil, fiche-moi la paix.

Pigarello demanda s'il pouvait l'accompagner.

— Pourquoi pas, si ça peut te faire plaisir.

Pigarello lui indiqua l'adresse d'un marchand de volailles et un raccourci qu'il empruntait souvent.

— « Ah ! se dit Remo, intéressant »

— Tu n'as qu'à prendre cette petite rue et c'est au bout, expliqua Pigarello.

« Ah ! cette petite rue », se dit Remo. Et à Pigarello :

— Tu viens avec moi ?

(1) Stone, vieille mesure équivalant à quatorze livres.

Mais Pigarello ne pouvait pas, il devait rejoindre le nouveau Président tout de suite.

— D'accord, on s'arrangera plus tard, dit Remo. Tu préfères un cercueil normal ou le modèle rembourré ?

— Très drôle, s'exclama Rocco « Le Pig » Pigarello.

— « Ah ! » pensa Remo lui faisant un signe d'adieu de la main et s'engageant décontracté dans la rue étroite, juste assez large pour un tracteur. Quelle surprise ! C'était une impasse.

Il se retourna. Nouvelle surprise. Les deux portes qui accédaient aux immeubles bordant le cul-de-sac étaient fermées à clé. Et comble de tout, à l'entrée de l'impasse apparut un superbe tracteur à huit roues indépendantes qui devait faire trois mètres de haut. Il effectuait laborieusement plusieurs manœuvres pour s'engager bien droit dans la ruelle, sinon il ne passait pas. De toute façon il frôlerait les murs. Le tracteur pénétra lourdement dans l'impasse bloquant la sortie. Les deux rétroviseurs de chaque côté furent arrachés et Remo comprit, stupéfait, qu'il venait de commettre l'erreur classique, celle d'avoir sous-estimé son adversaire.

On aurait pu penser qu'ils se serviraient d'un tracteur normal. Mais celui que Remo voyait en face de lui était très élaboré, conçu spécialement pour le tuer. Seul, le devant était visible et tout y était : pare-chocs, phares et calandre. On distinguait même nettement les roues avant. Un artiste s'était donné beaucoup de mal pour les peindre sur une épaisse plaque en acier.

Que tout ça soit faux n'avait pas, en soi, une grande importance. Ce qui l'avait, en revanche, était que l'espace, très net, entre les roues avant et les pare-chocs, était également une illusion. Pour Remo, c'était grave ; il ne pourrait pas se glisser en dessous du monstre qui avançait inexorablement. A moins que les quelques dix-quinze centimètres qui séparaient l'immense plaque maquillée du macadam lui suffisait...

Remo vit le camouflage s'abaisser jusqu'à érafler le sol, projetant une boîte de conserve contre son épaule. Les quelques centimètres vitaux venaient de disparaître.

L'air devint oppressant et chaud. Les murs des immeubles tremblaient au passage du monstre. Remo sentait l'odeur écœurante du diesel. Il regarda par-dessus son épaule la façade à sa gauche. Il y avait une corniche et Remo prit son élan. Mais observant le tracteur qui avançait, tout en visant la corniche, au lieu de faire une chose à la fois comme on le lui avait appris, produisit le résultat attendu. Remo fit une belle glissade sur une flaque d'huile épaisse. Le quatrième mur s'approchait et le talonnait littéralement. Il trébuchait, patinait, reculait vers le fond du cul-de-sac.

Il passait devant les portes verrouillées. Il aurait pu les forcer s'il avait été moins arrogant. Le faux tracteur poussait maintenant devant lui plusieurs poubelles ramassées au passage. Elles finiraient écrasées contre le mur du fond avec Remo au milieu. La façade de droite fut rabotée sur un mètre la ramenant ainsi à un alignement parfait. Plus que deux mètres cinquante. L'énorme mur en acier se leva et masqua le soleil, plongeant dans l'obscurité le petit espace dont Remo disposait encore. Deux mètres. Il quitta ses chaussures et fit un formidable bond pour agripper le bord supérieur de la plaque. D'un seul mouvement et en souplesse, il atterrit sur le capot. Deux hommes pétrifiés le fixaient à travers le pare-brise.

L'engin percuta le mur du fond de l'impasse avec un bruit assourdissant. Les immeubles tremblaient longtemps sous le choc. Remo ne se trouvait plus sur le capot, il l'avait abandonné juste au moment crucial. Les deux hommes s'étaient préparés à encaisser une formidable secousse, mais furent quand même projetés pêle-mêle contre le pare-brise. Doucement Remo redescendit. Les assassins se précipitèrent pour sortir, mais les murs de l'impasse empêchaient l'ouverture des portières. L'homme à la droite du conducteur, qui essaya malgré tout de se faufiler, resta coincé.

— Tu as perdu, lui dit Remo et la tête de l'homme se mit à saigner par les yeux, le nez et la bouche. Ce qui, tout compte fait, est normal pour un crâne écrasé contre le mur par une main plus dure que l'acier et plus rapide qu'une balle.

Le chauffeur aussi était piégé. D'abord, il tenta d'opérer une retraite par une fenêtre, puis par l'autre. Le visage congestionné par la peur il fixa Remo.

— Tu as un problème intéressant, mon ami, remarqua ce dernier.

Tremblant de tous ses membres l'homme se couvrit le crâne, prêt à recevoir le coup. Ne sentant rien venir, il releva la tête et vit Remo qui le contemplait calmement.

Il voyait en lui un cas intéressant et réfléchissait à son prochain geste. L'infortuné ne lut aucune haine dans ce regard, uniquement un certain intérêt.

— Vas-tu essayer de sortir ou va-t-il falloir que ce soit moi qui vienne te chercher ? lui demanda Remo.

Le malheureux plongea sous le tableau de bord et réapparut un revolver à la main, mais sa cible avait disparu. Où diable était-il passé ?

Le conducteur sentit une main lui chatouiller la nuque puis plus rien, c'était fini. Remo longea l'engin sur le toit et descendit de l'autre côté. Une tête apparut à une fenêtre du cinquième étage.

— Ils font un stage d'apprentissage ! Ils ont fait une fausse manœuvre ! cria Remo à la personne qui s'étonnait de voir l'impasse bouchée par le monstre.

Décontracté, Remo quitta la zone sinistrée. A la sortie, il se retourna comme n'importe quel badaud surpris par la vue de l'engin coincé dans le passage comme une femme obèse par sa gaine.

— Vraiment, la circulation devient impossible à Chicago, murmura-t-il indigné.

Devant lui, au loin, il reconnut la lourde démarche de son ami Pigarello. Plus de doute, pensa-t-il, il lui commanderait un cercueil rembourré.

Pigarello, qui avait attendu le bruit de choc final, s'éloigna rapidement sans en vérifier le résultat, de peur de passer pour responsable de la catastrophe. Il était la seule personne dans le voisinage à marcher sans regarder en direction de l'impasse. Remo le rattrapa facilement et le suivit, accordant son pas au sien. Avec l'élégance d'une citrouille, le Pig s'apprêta à se glisser dans une berline à quatre portes. Remo ouvrit la portière arrière au même moment où Pigarello ouvrit celle de l'avant. Les claquements de fermeture se confondirent. Remo s'allongea sur la banquette pour ne pas être repéré dans le rétroviseur. Le Pig regardait devant lui et s'adressa au chauffeur :

— Ça y est, Siggy. Le sort du gamin est réglé.

— Bien, répondit Negronski.

Il démarra et prit sa place dans le flot des voitures. Ils croisèrent deux cars de police qui toutes sirènes hululantes se dirigeaient vers l'impasse.

— Tu sais, reprit Siggy, c'est la première fois que je fais un truc comme ça. La plupart de nos types n'ont jamais été mouillés dans une affaire pareille. J'aime vraiment pas ça. J'ai jamais pensé qu'on en arriverait là. Quand on commence, il n'y a plus de raison pour que ça s'arrête. C'est plus du syndicalisme.

— Tu manges à ta faim ? demanda le Pig.

— Oui, mais avant aussi.

— Personne t'a forcé la main. Tu l'as fait, c'est tout. On le fait, les compagnies le font, les usuriers le font, les banquiers à comptes numérotés le font. Tout le monde le fait. Alors, à quoi bon t'en faire ?

— Eh bien, moi, je l'avais jamais fait et, d'ailleurs, il y a peu de cellules qui utilisent ces procédés.

— Et alors ?
— Alors j'aime pas ça, répéta Negronski.
— Pauvre chéri, c'est la vie.

*
* *

Gene Jethro attendait dans le garage de son hôtel, lorsque la voiture avec les deux compères arriva (avec l'homme qu'ils étaient censés ramener, si possible).

— Comment allez-vous ? demanda Jethro.

— Très bien. On va très bien, répondit Pigarello.

— Parfait. Je déteste la violence. Ça brise l'élan vital.

Pigarello fut plutôt étonné par cette remarque. Il avança la main pour serrer celle que Jethro semblait lui tendre à travers la fenêtre. Mais cette dernière continua, se dirigeant vers l'arrière de la voiture. Il la suivit des yeux et s'effondra aussitôt, évanoui.

— Mon Dieu ! gémit Négronski réalisant tout d'un coup qu'il y avait quelqu'un sur le siège arrière et qu'il s'agissait justement de l'homme pour qui il venait d'éprouver des remords. Doux Jésus, soupira-t-il.

Remo serrait la main de Jethro.

— Hum, grogna Remo, alors c'était vous. Je m'en doutais.

— Content de faire votre connaissance mon vieux, dit Jethro, ses colliers de hippy s'agitant sur sa chemise en madras.

— Je ne peux pas rester, dit Remo. Désolé, mais je dois partir.

— Je vous accueille au sein de notre grand famille, vous ne pouvez pas partir comme ça.

— Il faut que je parte.

— J'ai un job à vous proposer.

— J'ai des choses plus importantes à faire.

— Y a rien de plus important que nos chers routiers, rétorqua Jethro.

Remo s'extirpa de la berline et s'éloigna, suivi de Jethro.

— Attendez, appela-t-il, où allez-vous ?

— Je dois acheter un canard d'un quart de *stone,* répondit Remo arrêtant une passante pour lui demander si elle pouvait lui indiquer un volailler dans le coin.

— Deux pâtés de maisons d'ici, lui répondit-elle tendant le bras vers l'est.

Remo suivit les indications et le nouveau président du syndicat sur les talons.

— Deux pâtés de maisons d'ici, se répéta Remo. La bonne femme a dit deux pâtés de maisons.

— Le syndicat a de l'avenir et vous aussi. Nous allons faire de grandes choses et vous pouvez nous y aider. Qu'en pensez-vous ?

— Le voilà, s'écria Remo désignant du doigt un magasin dont la devanture était pleine de volatiles jaunâtres déplumés.

— Vous avez une réputation de lâcheur et je me méfie un peu de vous. Ou vous rentrez dans mon équipe, ou vous quittez le syndicat. Vous voyez je suis franc, et il faut que vous le soyez avec moi.

— Un canard d'un kilo et demi, demanda Remo au vendeur.

— Vous voulez les abats ?

— Je ne sais pas. Probablement.

— Ecoutez, murmua Jethro, je vais même tout vous dire. Si vous n'étiez pas venu avec Négronski et Pigarello vous seriez maintenant un homme mort. Vous voyez, je ne vous cache rien.

Remo se gratta l'oreille.

— Il est plutôt petit pour un kilo et demi.

— Il fait son kilo et demi, répondit le vendeur essuyant ses mains sur son grand tablier blanc maculé de sang.

— Bon, si vous le dites, répondit Remo.

— Je vous avoue que vous me plaisez. Je vous répète ma proposition une dernière fois. Vous choisissez : ou vous acceptez d'être mon secrétaire général, ou vous signez votre arrêt de mort.

Remo se tourna vers Jethro. Il l'observa longuement se mordant les lèvres, préoccupé.

— D'après vous, ce canard il les fait, son kilo et demi ?

— C'est pas vrai, gémit Gene Jethro. Qu'est-ce que vous avez ? Vous êtes vraiment demeuré. C'est bien ma chance.

— Ça veut dire que vous pensez qu'il fait bien un kilo et demi ?

Jethro soupira.

— Oui, il fait certainement un kilo et demi ! Et maintenant le job ou la mort ?

— Vous l'avez pas vraiment bien regardé, reprit Remo. Vous ne lui avez jeté qu'un petit coup d'œil rapide. Comment pouvez-vous en être sûr ? Et au fait, comment puis-je vous faire confiance ? Est-ce que vous vous y connaissez en volailles ? Et puis que connaissez-vous de toute façon ?

— Et puis la barbe, répliqua Jethro, c'est de votre vie dont il s'agit après tout. Et il sortit du magasin en haussant les épaules.

— Hé, mon ami ! Le tracteur trafiqué ne marche pas très bien.

Jethro stoppa pile, se retourna dans un éclair et fixa Remo la bouche grande ouverte.

— Mais oui, voyons, le coup du tracteur dans la petite impasse, c'est raté. Si j'ai suivi Pigarello c'était juste pour voir qui l'avait envoyé. Quoique au fond je le savais.

Remo prit le paquet que lui tendait le vendeur et le soupesa.

— Léger, dit-il en payant.

Il mit l'animal sous son bras et sortit du magasin, passant devant Jethro toujours en état de choc.

Remo traversa la rue se faufilant parmi les voitures. Jethro le rattrapa. Son visage habituellement calme et détendu était cramoisi de rage.

— O.K. Salopard. Quel est votre prix ?

— Je vais y réfléchir. D'accord ?

— Vous ferez mieux de vous dépêcher de réfléchir si vous tenez à revoir votre sale chinetoque vivant. Oui, je suis au courant de son existence. Je lui ai même envoyé des types pour lui expliquer pourquoi il devrait venir travailler pour nous. Vous voyez, espèce d'ordure, si vous avez besoin de ses conseils alimentaires sûrement très éclairés — sinon vous ne l'auriez pas amené, — si vous tenez vraiment à lui, vous avez intérêt à fixer votre prix tout de suite.

— Combien d'hommes lui avez-vous envoyés ?

— Trois. Un pour le porter, un pour surveiller et un pour conduire.

— Hum, murmura Remo et il arrêta un passant pour lui demander s'il connaissait un magasin dans le coin où il pourrait acheter des valises.

— Il y en a un juste un peu plus loin sur le même trottoir, lui répondit le bonhomme.

Il s'y rendit, Jethro toujours sur ses talons.

— Monsieur, puis-je vous aider ? s'enquit un vendeur.

— Oui, répondit Remo, puis se tournant vers Jethro il lui demanda : Quelle est la taille des hommes que vous avez envoyés ?

— Pourquoi ? Il y en a un qui fait un mètre soixante-dix et les deux autres doivent faire un mètre quatre-vingt et un mètre quatre-vingt-cinq.

Remo commanda trois malles dont une très longue.

*
* *

Chiun voulait être écrivain. Le temps d'une publicité à la télévision, il réfléchit aux possibilités de sa nouvelle carrière. Il pourrait raconter l'histoire d'un homme qui ne demandait qu'à ce qu'on le laisse tranquille en compagnie de la beauté. D'un homme qui donnait beaucoup et demandait peu en échange. D'un homme qui avait trouvé, dans un pays sauvage et bruyant, une forme d'art supérieur qui lui réjouissait l'âme. Ce pauvre sage vieillard n'avait d'autre souhait que de pouvoir profiter, en toute quiétude durant les dernières années de sa vie, des merveilleuses histoires de « Naissance de l'aube », « Alors que tournent les planètes » et de « Docteur Lawrence Walters, Psychiatre ».

Et voilà que trois énormes brutes incultes firent irruption dérangeant cet homme tranquille. Ils étaient insensibles aux beautés du drame. Ils ne respectaient pas les petits plaisirs du vieux sage et aimable. Ils ne se préoccupaient que de leurs projets violents, méprisables et vils. Ils volèrent la lumière de la boîte qui donnait tant de plaisir au vieil homme. Avec dédain, ils osèrent appuyer sur le bouton qui arrêta les merveilleuses images.

Sans aucune considération ils lui enlevèrent sa seule vraie joie. Alors, que vouliez-vous que le vieux fît pour pouvoir savourer son unique plaisir en paix ?

Ah ! L'histoire n'est pas terminée. Pensez-vous que cet élève paresseux et égoïste puisse comprendre ? S'était-il le moins du monde inquiété pour le Maître de Sinanju qui lui avait appris tant de choses qu'ignorent les Blancs ? Non. Tout lui était égal. L'élève ne pensait qu'à se plaindre, affirmant que c'était toujours sur lui que tombait la basse besogne de ramasser les restes, de ranger le désordre et d'effacer les traces. Il n'avait aucune élévation de l'âme, il avait un sale caractère, il était très ingrat.

Si seulement Chiun pouvait raconter cette histoire à

l'aide des images-mots ! Peut-être comprendrait-on enfin la souffrance du doux vieillard.

— Chiun, je vous l'ai déjà dit une centaine de fois, si vous les massacrez, vous débarrassez ! s'écria Remo.

Le Maître de Sinanju refusa de répondre.

— Si je comprends bien, il y a une nouvelle décision de la Cour Suprême des Etats-Unis. Il n'existe qu'un seul crime punissable de mort, celui de vous déranger au milieu de vos feuilletons télévisés pour débile mental.

Le Maître de Sinanju n'allait pas s'abaisser à de vaines explications.

— Voulez-vous me répondre ? Avez-vous massacré ces types parce qu'ils vous ont interrompu pendant l'émission ?

Le Maître de Sinanju n'avait pas l'intention de répondre sur le même ton.

— Chiun, ça ne peut plus durer. Je suis sérieux. Aidez-moi à les rentrer dans les malles.

Après ces insultes, le Maître de Sinanju refusa d'exécuter des corvées de femme.

— Parfois vraiment, je vous hais !

Le Maître de Sinanju avait compris cela depuis longtemps, sinon, comment cet élève ingrat aurait-il pu rester indifférent devant le préjudice qu'avait subi ce vieil homme si paisible.

Ah ! si seulement il pouvait écrire son histoire pour être enfin compris.

CHAPITRE X

Chicago, 12 h 12, deux hommes font leurs rapports à leurs supérieurs :

Remo appela Smith au téléphone et lui parla en code :

— Je crois que je peux arriver au cœur de la pomme sans abîmer les pépins et sans être obligé de faire une compote.

— Allez-y, répondit Smith.

Au même moment, Gene Jethro écoutait l'explication de ce qui s'était passé dans l'impasse.

— Je ne l'ai même pas entendu entrer dans la voiture et j'étais au volant, dit Negronski.

— Il y avait deux hommes dans le bulldozer. Des types sérieux. Ils connaissaient bien leur affaire. Ils ont baissé la plaque comme prévu, puisqu'en vérifiant, on a vu que les poubelles avaient été entraînées. Tout a été écrasé dans cette impasse, tout, sauf notre bonhomme, ajouta Pigarello.

— Où veux-tu en venir ?

— Moi je ne veux plus m'occuper de ce Remo Jones, expliqua Pigarello.

— Moi non plus, appuya Negronski.

Jethro réfléchit en tripotant ses colliers hippie. Il avait également perdu trois types avec l'histoire du nutritionniste et commençait à se sentir dépassé par les événements. Il remercia Pigarello et Negronski, ajoutant qu'il les retrouverait plus tard. Prenant sa voiture il se rendit au nouvel immeuble. Après avoir donné le mot de passe on le laissa entrer. Il pénétra dans l'ascenseur et composa la combinaison secrète qui permettait d'aller au sous-sol.

La légende sous la carte des Etats-Unis était éclairée par des spots. Le mur du fond, une fois les derniers branchements électriques effectués, s'ouvrirait sur une salle de réunion gigantesque. Jethro ne voyait pas l'utilité d'une salle aussi grande et aussi bien protégée. Mais il fallait faire les choses à fond.

Ce qui n'empêchait pas que maintenant il fallait modifier les plans.

Ses pas martelaient le sol. Il se dirigea vers ce mur, bientôt mobile, passa devant son propre bureau sans même y jeter un regard et s'arrêta en face d'une porte camouflée.

Il frappa trois coups. Pas de réponse, il recommença. Ouvrant la porte lui-même, il pénétra dans un univers de verdure, une oasis de calme et de fraîcheur. Une cascade se terminait en bassin, on n'entendait que le bruit de l'eau qui coulait. Une lumière artificielle sans chaleur inondait la pièce d'un ton bleuté. Jethro cligna des yeux.

— Tu as des yeux mais tu ne peux voir, dit une voix.

Jethro essaya de percer un massif près de la cascade.

— Des oreilles, mais tu n'entends pas.

Jethro essaya de localiser la voix.

— Ici, près du bassin.

Jethro regarda à nouveau l'endroit et fut surpris de ne pas l'y avoir vu auparavant. Il était assis les jambes croisées en lotus, un livre posé sur les genoux. Il portait un costume gris classique, une chemise blanche et une cravate rayée. Jethro aurait dû l'apercevoir tout de suite. Le visage oriental était lisse et calme.

— Je suis venu vous dire que nous ne pouvons plus continuer à poursuivre ce Remo. Il faudra s'habituer à vivre avec lui.

— A-t-il accepté ton offre ?

— Non.

— Alors pourquoi viens-tu ici ?

— Pour vous informer.

— Tu devais ou le faire entrer dans l'équipe, ou le supprimer. Comme tu n'as pas réussi à le convaincre de travailler avec toi, il me semble qu'il ne te reste qu'une solution.

— Nous avons échoué.

— Recommence. Il y a peu de réussites sans échecs au départ. Je t'ai déjà expliqué que le succès vient d'avoir, au préalable, appris ce qui ne réussirait pas.

— J'ai peur de cet homme.

— C'est bien. Ça prouve que tu as une tête.

— Je ne tiens pas à envoyer mes hommes une nouvelle fois contre lui.

— Tu veux dire que ça te déplaît.

— Oui.

— La naissance aussi est déplaisante, tout comme certaines façons de faire l'amour. Je te répète, les choses qui ne mettent pas ton âme à l'épreuve ne valent pas la peine. Va et fais ce que tu dois faire. Va gagner la puissance qui sera ta récolte.

— Oui Nuihc, répondit Jethro qui n'était pas convaincu quoique ces paroles lui paraissaient raisonnables. Oui Nuihc, je ferai ce que vous dites, comme toujours.

*
* *

Sigmund Negronski jouait mollement avec la glace qui fondait dans son assiette tout en écoutant Jethro expliquer aux épouses des routiers assemblées que « derrière l'homme qui est derrière l'homme au volant, il y a toujours la femme ».

— Une épouse au cœur militant est le meilleur atout dont puisse disposer un représentant élu. C'est sur elle que nous comptons pour que l'Internationale des Routiers devienne le syndicat le plus puissant de l'histoire. Je vous remercie de votre attention.

Les applaudissements fusèrent, Gene Jethro, tout vêtu de petits pois beiges, envoya des baisers aux femmes qui les lui retournèrent. Il s'assit à côté de Negronski, à la place d'honneur.

— Pas mal, hein, Siggy ? dit-il tout en grimaçant des baisers à la ronde.

Sa petite amie, souriante, assise à côté de lui, avait un chemisier ressemblant à de la gaze et bien sûr ne portait pas de soutien-gorge.

— Je suis inquiet. Pourquoi avons-nous absolument besoin de ce Remo ? Les types qu'on a sortis de la cabine du bulldozer avaient le crâne enfoncé.

— Je sais. Moi non plus j'y tiens pas à ce mec.

— Alors on n'a qu'à laisser tomber.

— On peut pas.

— On va encore lui courir après ?

— On est obligés.

— Mais pourquoi ? On dirait qu'il demande tout simplement qu'on lui foute la paix. Il ne nous cause des ennuis que quand on l'emmerde.

— Tu as raison à cent pour cent. Moi aussi j'aimerais bien l'oublier.

— Alors pourquoi on lui fout pas tout simplement la paix ?

— Parce qu'on ne peut pas. On doit faire ce qu'on a à faire. Et, crois-moi, je commence à avoir les jetons aussi.

Jethro se leva et, tout en envoyant des baisers, s'écria :

— Je vous aime, je vous aime toutes, vous êtes merveilleuses.

Un garçon en veste blanche s'approcha de Jethro et lui glissa un papier froissé.

— Un message téléphonique, monsieur.

Jethro le prit et son sourire artificiel se mua en vrai sourire chaleureux.

— Siggy, on n'a plus besoin de lui courir après, il veut se joindre à nous.

*
* *

Le docteur Harold Smith vomit son déjeuner avec ce qui devait rester de son petit déjeuner. Il tituba du cabinet de toilette attenant à son bureau au sanatorium de Folcroft à son fauteuil, devant la télévision allumée. Il appuya sur le bouton demandant une rediffusion des informations sur toutes les chaînes. Puis, il recommença, mais uniquement sur les trois chaînes à plus forte audience. Ayant bien regardé, il se précipita une nouvelle fois au cabinet de toilette, se rinça la bouche avec un désinfectant puissant et se redonna les nouvelles de ce jeudi soir pour être bien sûr qu'il n'était pas devenu complètement fou et qu'il n'était pas le jouet d'hallucinations.

Malheureusement, il fut bien obligé de reconnaître qu'il était sain d'esprit et en pleine possession de ses moyens. Là, devant ses yeux, sur l'écran de télévision s'agitait l'homme qu'on avait exécuté pour qu'il n'existe pas. L'homme qui avait comme ordre de tuer quiconque le reconnaîtrait malgré les fréquentes opérations que subissait son visage. L'homme qui était le bras exécuteur de l'organisation. L'homme pour qui la notoriété publique signifiait l'échec immédiat d'une action gouvernementale prioritaire. Cet homme était là debout devant des micros, grimaçant, hurlant un discours. Le centre de l'attention de toute une convention, il venait d'être nommé secrétaire général du syndicat des routiers. Un de ces jeunes plein d'avenir qui allait changer l'image de marque du syndicalisme.

Remo Jones prononçait son discours de remerciements. Il disait que les vieux procédés syndicaux avaient vécu.

— Finie, l'époque des routiers musclés. Terminée, l'époque où l'industrie considérait le camionneur comme un simple d'esprit. Révolue, l'époque où on trouvait normal d'exploiter ces hommes loyaux. Voici l'ère du nouveau conducteur, du nouveau syndicaliste qui ne se contentera pas des miettes, tout comme son père qui n'a pas accepté les fouets et les fusils des hommes de main du patron.

« Laissez-moi vous dire, mes chers amis, mes chers confrères et à vous aussi peuple américain, que nous avons atteint une nouvelle prise de conscience. Gene Jethro, formé par la lutte, nourri de sagesse, avec une foi inébranlable en l'avenir, nous a fait comprendre que nous, les routiers, ne sommes qu'une partie d'un gigantesque réseau de transports. Tous les transporteurs doivent travailler main dans la main ou périr.

La salle se leva comme un seul homme pour acclamer le nouveau secrétaire général. Gene Jethro le serra dans ses bras. Remo lui rendit son étreinte. Ils s'embrassèrent plusieurs fois. Ils firent face aux caméras, puis se montrèrent de profil, les bras en l'air, se tenant par la main.

Des éclairs fusaient, des milliers de photos de Remo Jones seraient distribuées à toute la presse à travers le pays.

Smith grogna. Voilà donc la fameuse solution qu'évoquait Remo au téléphone l'autre jour. Pas du tout ce qui avait été prévu. Remo et lui s'étaient mis d'accord pour qu'il pénètre à l'intérieur de l'état-major du syndicat des routiers pour déjouer leur projet et empêcher la formation du super-syndicat des transporteurs. Remo devait discrètement s'infiltrer parmi eux et prendre les commandes mais absolument pas se donner en spectacle.

Smith avait trouvé cette idée meilleure que l'assassinat brutal des quatre présidents. Il avait donc autorisé et même encouragé ce nouveau projet. Mais il n'avait jamais été question de cet exhibitionnisme. Le comble pour un homme que l'on avait électrocuté publiquement afin d'en faire un vivant sans existence connue. Smith arrêta l'image sur un gros plan. Il vit l'arme secrète de CURE heureux comme il ne l'avait jamais vu. Remo Williams avait l'air d'un drogué en plein paradis artificiel.

Il aurait dû se douter qu'une telle chose arrive un jour ou l'autre. Smith s'en voulut d'autant plus pour sa légèreté. Ce comportement était prévisible pour un homme qui n'avait pas d'identité reconnue, et un visage modifié au moins une fois par an. De plus, Smith savait fort bien que Remo ne rêvait que d'une chose depuis un certain temps, retrouver son vrai visage. Il aurait dû comprendre que ce désir était un signe avant-coureur de l'hostilité dont Remo faisait preuve à son égard.

Smith porta son attention sur l'image immobile du jeune homme rayonnant. Pendant une seconde, il éprouva même une vive sympathie pour lui. Un court, oh, très court instant, il souhaita à cet homme, qui avait si bien servi la cause, de pouvoir une fois profiter des joies simples qu'il semblait tant désirer.

Smith revint sur terre. En ce moment, Remo était en train de risquer leur vie à tous. Dans les clauses de base de l'organisation, il avait été établi qu'il n'y aurait pas d'autre témoin vivant que le Président des Etats-Unis. Smith observa ce visage exubérant, resplendissant de bonheur, savourant les délices de la popularité. Ecœuré, il détourna son regard.

Il éteignit le téléviseur et crayonna une note pour qu'il se rappelle de demander qu'on lui installe un système d'interruption automatique de son poste. Il ne manquait plus que quelqu'un entre dans son bureau et voie le sourire figé de Remo sur l'écran.

En passant en revue tous les dispositifs de sécurité qu'il avait fait installer, il se sentit profondément déprimé.

La ligne spéciale sonna.

— Oui, Monsieur le Président, répondit Smith.

— On dirait que rien n'a été fait pour arrêter ce que nous craignons, dit la voix connue de millions d'Américains.

— Soyez rassuré, Monsieur, vos craintes ne se concrétiseront pas.

— J'avais espéré que tout soit déjà réglé.

— Y a-t-il autre chose, Monsieur ?

— Non, c'est tout.

— Si ça peut vous rassurer, Monsieur le Président, nous aurons réglé ce problème avant demain, jour où la formation du super-syndicat doit être publique.

— Alors, c'était bien vrai ? Ils vont le créer ce super-syndicat ?

— Bonsoir, Monsieur le Président.

Smith raccrocha et consulta sa montre. Il lui restait deux minutes. Il brancha le terminal. Les premières nouvelles concernaient une histoire de détournement d'actions par une des plus grosses sociétés du pays. Après toutes ces années comme directeur de CURE, il en était arrivé à la conclusion personnelle que le secteur des grosses affaires volait plus de dix-sept fois la valeur des sommes dérobées par le crime organisé. Les scandales d'affaires étaient beaucoup plus faciles à régler, il suffisait souvent d'un tuyau glissé à un bon journaliste, pour arrêter la plus riche et la plus puissante société du pays. Il se souvint de l'histoire de ce constructeur automobile qui n'avait pas demandé le retour des voitures défectueuses lancées sur le marché, espérant que cela passerait inaperçu. Tout ça pour ne pas diminuer ses bénéfices. Régler cette affaire avait été amusant. Les renseignements adressés à un reporteur virulent furent déposés sur le bureau du président de la firme responsable. Il avait à peine fini d'ouvrir l'enveloppe qu'il ordonnait un rappel immédiat de toutes les voitures défectueuses. Pour l'Organisation, ces automobiles dangereuses étaient criminelles.

Le téléphone sonna.

— Salut, retentit joyeusement la voix de Remo. Avez-vous pu regarder les informations de huit heures ?

— J'ai vu, répondit Smith sèchement.

— Je dois avouer que ce n'était pas mal du tout. Je les tenais dans le creux de la main. Qu'avez-vous pensé de mon discours ?

— De la routine.

— De la routine. Non mais ! J'ai eu droit à une ovation debout de sept minutes alors que le président de l'*American Legion* n'en a eu que trois hier et Jethro, lui, a tout juste fait huit minutes pour son discours d'inauguration. Vous avez vu comment Jethro m'a serré dans ses bras sur la scène ? Il était bien obligé. Il ne pouvait pas me laisser emmener toute la convention avec moi.

— Puis-je me permettre d'interrompre votre carrière politique pour un instant. Où en est-on concernant la survie du pays ?

— Oh ça ! Ne vous en faites pas, on s'en occupe. Ils ne peuvent pas nous arrêter, nous présenter un problème que nous ne sommes pas à même de résoudre, dresser un obstacle que nous ne pouvons vaincre, nous sommes la nouvelle génération, née de...

— Vous avez jusqu'à demain, interrompit Smith, et il raccrocha violemment.

Remo était passé d'assassin à politicien sans s'arrêter au simple stade d'être humain.

Remo entendit le déclic de l'appareil, raccrocha et regarda Chiun qui, lui, avait trouvé sa chanson très belle. Il lui avait même avoué que, jeune homme, lui aussi avait rêvé d'être un grand leader politique. Sur ce, il se leva et monta sur un des lits pour se lancer dans un discours virulent, agitant ses bras pour appuyer ses paroles. Un résumé de la traduction donnerait :

« Expulsons par la force les vils envahisseurs de notre Corée sacrée ! »

— Pas mal, apprécia Remo. Avez-vous eu souvent l'occasion de faire ce discours ?

— Je n'ai jamais pu le prononcer car, vois-tu, nous, les assassins de Sinanju, nous travaillons généralement pour l'oppresseur. Une fois, mon père m'a entendu répéter dans un champ et il m'a expliqué que l'oppresseur mettait de la nourriture sur notre table et un toit sur notre tête. Toute l'économie de Sinanju reposait sur la discorde et la violence. Par certains côtés Sinanju est un modèle réduit du monde.

— Le berceau des plus grands assassins de l'histoire, remarqua Remo.

Chiun s'inclina respectueusement acceptant le compliment que ne pouvait manquer de faire quiconque suffisamment sage pour percevoir une telle vérité.

— J'ai du travail ce soir, je vais donc sortir. Voulez-vous que je vous rapporte quelque chose ?

— Ramène la victoire entre tes dents, dit Chiun, et Remo s'esclaffa.

Il leur arrivait de regarder ensemble des films à la télévision et les plus violents étaient de loin les plus drôles. Une des répliques dans un film de guerre était : « Ramenez la victoire entre vos dents. » C'était tellement beau que Chiun ne l'avait jamais oublié.

— Je ramènerai peut-être un peu de riz sauvage. Et un peu de morue.

— C'est gras, la morue, dit Chiun. Essaie de travailler un peu tes coudes ce soir.

— Pourquoi ? Je suis en train de me rouiller ?

— Non, mais c'est toujours bon de travailler les coudes de temps en temps. Achète du haddock. N'oublie pas. On a mangé du cabillaud lundi.

— Oui petit père.

Remo sortit, laissant Chiun debout sur son lit en train de haranguer une foule imaginaire, lui expliquant qu'il fallait secouer le fardeau de l'oppresseur jusqu'à ce que tous les hommes puissent vivre en paix dans la liberté et l'harmonie.

Remo n'eut aucun mal à retrouver l'immeuble. Il était entouré d'une clôture électrique de douze pieds de haut. Des projecteurs qui l'éclairaient le faisaient ressortir dans la nuit sombre. Une odeur de terre retournée et d'arbres fraîchement plantés remplissait l'air ambiant. Remo déposa son paquet de poisson bien enveloppé derrière un massif et, la main droite tendue en avant, bondit, s'agrippant au sommet d'un des poteaux. Il balança au-dessus de son bras droit en appui sur le poteau, ses jambes bien tendues à l'horizontale pour éviter d'être électrocuté.

Les poteaux des barrières électriques sont toujours isolés contre le courant et ne sont donc efficaces que contre ceux qui n'ont pas l'habitude de les franchir. « Au fond, se dit Remo, elles ne servent qu'à écarter des gens inoffensifs. »

Il examina le sol de l'autre côté qui, apparemment, ne cachait pas de surprise. Mais par précaution, il sauta 3,50 m à l'intérieur de l'enclos et atterrit avec une élégance féline. Longtemps, il observa l'immeuble illuminé par des spots.

Silencieusement, Remo avança sur la terre fraîchement retournée, appliquant inconsciemment tout ce que des années d'entraînement lui avaient enseigné. Quand il traversa l'accès goudronné du garage, ses pieds, avec leur perception autonome, évitèrent les cailloux. Puis il s'arrêta derrière un des projecteurs à la base de l'édifice. Dix étages sans la moindre prise, des fenêtres encastrées sans le moindre rebord.

Pas mal. Il contourna l'immeuble, trébuchant sur un tuyau déjà sur place pour l'arrosage matinal. Il respirait maintenant les odeurs de la peinture fraîche et de l'acide dont on se sert pour polir les murs.

S'il n'arrivait pas à entrer par en bas, il pénétrerait par le haut. Personne ne songeait jamais à protéger un immeuble isolé d'une intrusion par le haut. Il enveloppa un coin de l'immeuble, plaçant ses paumes ouvertes contre les parois de chaque côté, serrant l'angle avec ses jambes. Pendant que ses mains montaient, les genoux le soutenaient.

Son corps avança avec des gestes bien synchronisés. Gardant un rythme impeccable, il monta toujours plus haut. Tout le long de son corps il sentit le contact du métal froid. Arrivé au sommet, il saisit le bord de la gouttière et se hissa sur le toit. Finalement il se redressa pour contempler la vue.

« Hip hip hip hourrah pour Remo », pensa-t-il, regrettant que Chiun n'avait pas été là pour le voir. Le Maître de Sinanju n'aurait jamais reconnu la qualité de sa performance mais ses critiques étaient parfois un compliment déguisé. Remo frotta ses paumes légèrement brûlées. Quelle barbe ! Il ne tenait pas du tout à redescendre avec des mains abîmées, car le retour par le même chemin serait bien plus difficile.

Il se suspendit à la gouttière et ses pieds inspectèrent la fenêtre. Absolument lisse. Pas le moindre rebord. Pas la moindre ouverture. Il contourna l'immeuble toujours suspendu à la gouttière, ses pieds recherchant un petit quelque chose pour poser ses orteils. Les autres côtés étaient identiques. Rien. Il lui faudrait casser un carreau pour pénétrer à l'intérieur de cette forteresse.

Il repéra le milieu de la fenêtre en face de ses pieds et lui donna un petit coup pour l'ausculter.

Le bruit qui lui répondit fut mou, pas sec ou dur. C'était juste ce qu'il craignait. Ça pouvait être du verre et ne pas en être. Il ne tenait pas au dixième étage, à s'élancer contre une fenêtre qui pouvait le faire rebondir. C'était trop risqué.

Il y a des assassins expérimentés et des assassins téméraires, comme Chiun aimait à dire. Mais il n'existait pas d'assassins expérimentés et téméraires. C'est une preuve d'amateurisme que de risquer inutilement sa vie. Remo se hissa à nouveau sur le toit. Il l'inspecta. Rien. Il parcourut le métal brillant de ses mains, toujours rien.

Il serait obligé de redescendre avec ses paumes brûlées alors que tout reposait sur elles. Il pourrait bien sûr attendre jusqu'à ce que demain un quidam le découvre criant :

— Que fait cet imbécile en haut d'un immeuble de dix étages et comment a-t-il bien pu faire pour y monter ?

Remo souffla sur ses blessures et se pendit à la gouttière.

« Ça y est, c'est parti », se dit-il. Mais voulant trop bien faire, il se repoussa trop fort du mur et se sentit tomber dans le vide sur quelques mètres avant de parvenir à reprendre contact avec la paroi. Il devait ralentir sa chute à l'aide de frictions répétées contre le métal, en attendant, soit de trouver une prise, soit de toucher le sol. S'il essayait de stopper complètement sa chute, comme n'importe qui aurait fait à sa place, il risquait de se tuer.

Arrivé à trois étages du sol, le frein par friction perdit subitement son efficacité et il prépara ses jambes à une décompression brutale en vue de l'atterrissage. Le sol était mou, mais Remo ressentit néanmoins une douleur fulgurante dans la colonne vertébrale et dans la poitrine. Enfoncé jusqu'aux chevilles, il se dégagea et partit en boitant.

Il ne lui restait qu'à forcer une porte, prenant le risque qu'on le voie à l'action. Les portes étaient bien sûr verrouillées et lorsqu'il essaya de les forcer, il constata qu'elles étaient non pas faites en métal, mais dans une espèce de treillis souple qui cédait à la pression puis rebondissait. Même échec avec les fenêtres du rez-de-chaussée, heureusement qu'il n'avait pas tenté le coup au dixième étage.

Rien à faire, impossible de pénétrer cette forteresse moderne. Il décida de retourner à l'hôtel. Arrivé à la clôture il vit un gardien de nuit qui l'attendait son poisson à la main.

— Vous vous amusez bien ? lui demanda-t-il.

— Qu'est-ce que vous faites avec mon paquet ?

— Et vous, qu'est-ce que vous foutez sur une propriété privée ?

— Je cherchais mon haddock, répondit Remo arrachant son paquet au garde qui croyait le tenir fermement.

— Je vais vous emmener au poste.

— Laissez-moi tranquille. Je suis excessivement nerveux et je ne veux pas qu'on me dérange. Je dois aller confesser mon échec à la seule personne à qui je déteste le faire.

— Vous avez d'autres problèmes mon garçon. Violation de propriété et... agression contre ma personne.

— Quoi ? s'écria Remo tout en cherchant une explication pour Chiun.

— Agression contre ma personne, répéta le gardien.

— D'accord, répondit Remo et il l'assomma avant de reprendre le chemin du retour.

Chiun commença par sourire lorsque Remo lui parla de son échec. Il attribua la faute à ses mauvaises habitudes alimentaires, à son manque de respect pour son maître, et à son incapacité de comprendre la beauté de la grande expression artistique américaine. Mais quand son élève poursuivit en lui expliquant comment il avait procédé, pas à pas, Chiun dut reconnaître que Remo n'avait commis aucune erreur et son visage s'assombrit.

— Alors quelle erreur ai-je commise? interrogea Remo.

Chiun demeura silencieux quelques instants puis dit :

— Mon fils, c'est le cœur lourd et avec une grande tristesse et une grande honte pour moi, le Maître de Sinanju, que je dois reconnaître que tu n'as commis aucune erreur. Tu as bien fait, la sagesse que je t'ai donnée ne suffit pas pour cette tâche. La honte est sur moi et sur ma famille.

— Mais, ce n'est qu'un immeuble. Vous m'avez entraîné sur des installations atomiques.

— Ces installations étaient équipées pour résister à l'invasion de personnes se servant d'armes à feu, de voitures et de tanks, de toute la gamme offensive de l'ouest. Cet immeuble fut conçu pour repousser des gens comme nous.

— Qui donc dans ce pays connaît les méthodes de Sinanju ?

— Certains connaissent les méthodes des Ninjis, répondit Chiun faisant allusion à cet art japonais qui enseigne comment se déplacer la nuit pour pénétrer dans des places fortes.

— Mais les enseignements Ninji ne sont qu'une partie de ceux de Sinanju.

Chiun garda le silence puis dit :

— Je dois aller voir moi-même.

— Pour le moment, on n'a pas besoin d'en savoir plus

sur l'immeuble. J'y arriverai de l'intérieur à travers Jethro...

Le Maître de Sinanju se préparait déjà, se noircissant le visage et revêtant son kimono afin de pouvoir se fondre dans la nuit.

— Petit père ?

— Oui ?

— Ramenez la victoire entre vos dents.

CHAPITRE XI

Les quincailleries étaient toutes fermées, Remo serait donc bien obligé d'en forcer une. Celle qu'il choisit était munie d'un système d'alarme particulièrement pratique pour lui. Il suffisait d'entrer et de refermer la porte suffisamment vite pour que la sonnerie se débranche d'elle-même.

Une fois à l'intérieur, Remo choisit un pied-de-biche Stanley de quatre-vingt-dix centimètres de long. Elle coûtait quatre dollars quatre-vingt-dix-huit. Au moment de payer, il ne se souvint plus s'il y avait une taxe supplémentaire pour la ville de Chicago ; dans le doute, il laissa cinq dollars sur le comptoir. Si ça faisait un peu plus, ce n'était pas vraiment grave, grâce à lui, le propriétaire avait économisé les frais d'un vendeur. Il enveloppa soigneusement l'outil, faisant bien attention de ne pas laisser ses empreintes. Rebranchant l'alarme, il se glissa dehors, et retourna à son hôtel, qui était aussi celui de Bludner.

Il allait rendre une petite visite à Abe. Arrivé devant la porte de la suite, il frappa :

— Qui est-ce ? demanda la voix de Stanziani.

— Remo.

— Qu'est-ce que tu veux ?

— Je veux voir Bludner.

— Il n'est pas là.

— Laisse-moi entrer.

— Je t'ai dit qu'il n'est pas là.

— Ouvre la porte ou je m'en charge, mais dis-toi bien que de toute façon elle s'ouvrira.

— Tu tiens absolument à recevoir une table en pleine gueule ?

— Si tu dois ouvrir pour me la balancer, oui.

La porte s'ouvrit, laissant passer une lourde table laquée noire. Remo la reçut sur le tranchant de sa main gauche et d'un coup sec la fendit au milieu.

Stanziani, en pantalon gris et chemise de flanelle blanche, debout dans l'ouverture, contemplait médusé d'abord le morceau de table qui était allée s'écraser contre le mur du couloir et ensuite l'autre qui gisait aux pieds de Remo. Il esquissa un sourire inquiet. Une tache foncée se répandait dans l'entrejambe de son pantalon gris.

— Salut, articula-t-il péniblement.

— Salut, répondit Remo.

— Tu veux entrer ? demanda Tony.

— Ouais. J'ai cru que tu ne m'y inviterais jamais.

Venant de la pièce voisine, une voix cria :

— T'as laissé entrer le gamin ? Je t'avais dit que je ne voulais pas le voir.

C'était la voix de Bludner. Remo la suivit dans la pièce à côté où « Pied-de-Biche » tapait le carton avec deux amis. A travers une autre porte ouverte, il put voir des femmes qui n'étaient plus dans leur prime jeunesse, probablement les épouses respectives, jouant, elles aussi, aux cartes.

— Vous êtes sûrement Remo, lui dit l'une d'entre elles. Je suis madame Bludner. Avez-vous dîné ? Pourquoi Abe ne m'a-t-il pas dit que vous étiez si mignon ? Hé Abe, il est mignon comme tout. C'est le premier type correct que tu as dans ton équipe. Les autres ressemblent tous à des gangsters. Abe, réponds-moi !

Bludner jeta un regard lourd à Remo.

— Qu'est-ce que tu dis, Daisie ?

— Je te demande pourquoi ne m'as-tu pas dit qu'il était aussi mignon ? Je trouve pas du tout qu'il ressemble à un pédé, répéta Madame Bludner et à l'intention de Remo elle continua : Vous pourriez peut-être grossir un peu. Avez-vous dîné ?

— Oui, merci madame. Abe pourquoi ne m'as-tu pas dit que ta femme est si jolie ?

Des gloussements fusèrent autour de Bludner.

— Qu'est-ce que tu veux gamin ?

— Je veux te parler.

— Mais moi je veux pas te parler.

— Qu'est-ce qui ne va pas ?

— Comment, qu'est-ce qui ne va pas ? C'est moi qui te fais entrer dans le syndicat, et tu te fais nommer secrétaire général sans que je sois au courant. Tu trouves peut-être ça normal ?

— Abe, tu sais bien que je suis loyal envers la cellule, rétorqua Remo en homme politique.

— Loyal envers la cellule ! Tu la connais même pas, la cellule.

— Abe ! Tu devrais être content qu'un des dirigeants nationaux soit un type de ta cellule.

— On aurait dû me demander mon avis. Jethro aurait dû m'en parler. On aurait dû se mettre d'accord avant. De quoi j'ai l'air maintenant vis-à-vis de mes gars. Jethro nomme un des nôtres et je suis même pas au courant.

— T'as raison, Jethro est un salaud, je n'ai aucune confiance en lui. Mais moi c'est différent, je suis ton *œil de Moscou,* expliqua Remo, le fin stratège.

— Mon *œil de Moscou ?* Je te connais même pas !

— Tu es vexé, Abe ?

— Vexé ? Tu plaisantes, comment veux-tu que deux

punk comme toi et Jethro puissent me vexer ? Je crache sur des types bien mieux que vous deux. Tony ! est-ce que j'ai l'air vexé ?

— Non patron, répondit Stanziani de sa chambre où il changeait de pantalon.

— Paul ! est-ce que j'ai l'air vexé ?

— Non patron, répondit une voix venant de la salle de bain.

— Pour être vexé, il est vexé, affirma une voix de femme venant du salon.

Abe « Pied-de-Biche » Bludner ferma la porte de communication avec le salon et dit :

— Tu sais vraiment t'y prendre pour faire de la peine.

— Je suis désolé, s'excusa Remo.

— C'est pour moi, demanda Bludner désignant le paquet que Remo tenait toujours à la main.

— Ça ? Non c'est pour moi. C'est un pied-de-biche. Je vais l'accrocher dans mon bureau pour ne jamais oublier que je dois ma carrière à Abe « Pied-de-Biche » Bludner.

— Je ne suis pas sûr que ce soit une si bonne idée que ça.

Bludner tendit la main et Remo fit glisser l'emballage. Bludner s'en empara, fit quelques moulinets pour s'échauffa puis l'agita vigoureusement à un cheveu au-dessus du crâne de Remo.

— Je te fais peur mon garçon ?

— Non, je sais bien que tu ne me frapperais pas, Abe. Nous sommes de la même cellule.

— Ne l'oublie jamais, tu as compris.

Bludner rendit le pied-de-biche à Remo qui le remballa soigneusement évitant de le toucher avec ses doigts. Non, il ne souhaitait pas faire une partie de poker. Les deux hommes se serrèrent la main et Remo se retira.

Il retourna dans sa chambre d'hôtel cacher le pied-de-biche sous le matelas de son lit, faisant bien attention de conserver les empreintes. Il lui servirait en cas d'application de la solution extrême pour impliquer à fond Bludner.

*
* *

Jethro était maintenant installé dans les tout derniers étages de l'hôtel *Delstoyne* de l'autre côté de la ville. Pour sa tranquillité, les ascenseurs n'allaient pas jusqu'à chez lui à moins qu'il ait donné son accord. Quant à l'accès par l'escalier il était bloqué par une grille.

Lorsque le secrétaire général, Remo Jones, demanda l'autorisation de monter voir Jethro, on la lui refusa, ce dernier n'étant pas là.

— Où est-il ? s'enquit Remo.

— Il est sorti.

— Ça m'est égal de savoir où il n'est pas, je veux savoir où il est.

— Je ne peux pas vous en dire davantage. Voulez-vous laisser un numéro de téléphone où l'on peut vous joindre ?

— Non. Je monte.

— Impossible, monsieur. Les ascenseurs ne montent pas à son étage et l'escalier est fermé.

— A tout à l'heure, fit Remo laconique.

En montant l'escalier, Remo prit son temps, près de cinq minutes. Au dix-huitième étage il tomba sur la barrière fermée d'un cadenas extrêmement solide. Remo enleva les tiges de la charnière et les tendit au gardien qui se trouvait là :

— J'en ai pour quelques minutes.

— Vous n'avez pas le droit, c'est une violation de domicile.

— Si on ne pouvait pas le faire il n'y aurait pas de mots pour en parler, rétorqua Remo.

Furieux, le gardien essaya de l'empoigner par l'épaule

mais il lui glissa entre les mains. Il tenta de le saisir par le col de sa chemise, mais ses mains s'agitèrent dans le vide. Il chercha à lui enfoncer le crâne avec un gourdin, mais ce fut lui qui ressentit une douleur profonde à la poitrine. Hébété, il se sentit glisser à terre, puis plus rien.

Remo inspecta le couloir. Jethro devait occuper la chambre du fond. Il avait fait un raisonnement puissant pour en arriver à cette déduction, à tel point qu'il s'impressionna lui-même : Jethro étant l'homme le plus important du syndicat, il occupait donc la plus grande suite. Or, ce sont généralement celles avec fenêtres sur les deux avenues. Par conséquent, la suite de Jethro se trouvait au bout du couloir. Remo enfonça la porte.

— Oh ! je suis désolé, dit-il à un individu dans la cinquantaine, la chevelure très noire et ébouriffée mais aux poils de l'entrejambe grisonnants. L'homme était allongé par terre, sur le dos, monté par une jeune et jolie rouquine.

— Salut, qu'est-ce qu'on peut faire pour vous ? demanda-t-elle.

— Rien, merci, je cherche Gene Jethro.

— Où est Jethro ? transmit la rouquine à sa monture.

— Foutez le camp ou j'appelle le garde, gueula le malheureux.

— Votre position est incorrecte, répondit Remo.

— Au revoir chéri, lança la fille.

Remo referma la porte. Si Jethro n'était pas au bout il était logique qu'il soit au milieu.

Il y avait cinq portes dans le couloir, il ouvrit donc la troisième à partir du fond.

— Oh ! excusez-moi, dit-il à l'enchevêtrement de bras et de jambes qu'il estima appartenir à quatre individus : trois femmes et un homme. Il pénétra dans la chambre pour examiner la physionomie du bonhomme. Soulevant un sein volumineux il découvrit un visage qui n'était pas celui de Gene Jethro. L'homme souriait béatement, le genre d'expression résultant d'une bonne dose de cocaïne. Remo reposa délicatement le sein et sortit.

Il essaya une autre suite et tomba sur une nouvelle orgie. Trois chambres, trois partouzes. Une partouze c'est la foire, sans plus, deux ; la super-foire, mais trois, ce n'est pas normal. Il devait y avoir une machination derrière tout ça.

C'était facile à vérifier. Il suffisait à Remo de savoir qui étaient ces hommes et il comprendrait tout de suite le pourquoi de cette activité organisée. Les filles étaient des professionnelles, sans aucun doute fournies pour l'occasion. Trois bonhommes pris au hasard ne partouzent pas au même moment dans des chambres mitoyennes. Leurs compagnes d'un soir étaient probablement chargées de les garder dans une douce prison.

Remo se retourna pour surveiller le garde au bout du couloir qui commençait à se réveiller. Il s'agissait sûrement des leaders des trois autres syndicats de transporteurs que Jethro se gardait sous la main, bien occupés, jusqu'à la séance du lendemain au cours de laquelle serait annoncée la création du super-syndicat. Si Remo ne réussissait pas à l'éviter, nos trois compères se retrouveraient tous écrasés par une poutre.

Le garde se levait péniblement.

— Qu'est-ce qui m'a frappé ?

Remo trottina jusqu'à lui et l'empoigna par le col de sa chemise. Il lui appuya sur les nerfs du cou jusqu'à ce que l'infortuné émette un petit gargouillis.

— Où est la suite de Jethro ?

— La deuxième à partir du fond.

— Pourquoi celle-là ?

— C'est la plus grande.

— Ah bon ! fit Remo assommant à nouveau le malheureux garde.

La suite de Jethro était en effet de loin la plus belle.

Une superbe moquette épaisse, des rideaux soyeux et des meubles de prix en faisaient un petit palais.

— C'est toi chéri ? retentit une voix de femme venant de ce qui devait être la salle de bain.

— Oui, répondit Remo, car soudain il se sentait tout à fait comme un chéri.

— J'ai du savon dans les yeux, sois gentil, passe-moi une serviette.

Bien sûr que Remo lui passerait une serviette, il n'était pas sadique voyons !

Il ouvrit la porte d'où semblait provenir la voix et se retrouva dans un vrai bain de vapeur. Les glaces étaient embuées, les murs ruisselaient et la douche continuait à cracher un jet brûlant.

Une main délicate sortit de derrière le rideau de la douche. Remo y mit la serviette.

— Comment ça s'est passé aujourd'hui chéri ?

— Bien.

— On dirait que ça va marcher n'est-ce pas ? Je veux dire que tu n'auras plus d'ennuis à cause de cet abominable type.

— Non.

— Qu'est-ce qu'il te veut ? tu as fait tout ce qu'il a demandé !

— Qui ?

— Mais de qui crois-tu que je parle ? De Mick Jagger ? De Nuihc bien sûr.

Il y avait donc quelqu'un d'autre. Ce n'était peut-être pas ce Jethro qui avait conçu l'immeuble imprenable. D'ailleurs, comment Remo allait-il pu penser qu'un Blanc élevé dans la technologie occidentale puisse construire un édifice protégé contre une force qu'il ne connaissait même pas ?

— A-t-il téléphoné ?

Remo essayait d'obtenir des renseignements.

Une main repoussa le rideau laissant apparaître une

chevelure blonde, ensuite un visage éclatant au teint lisse, de grands yeux bleux, et des lèvres voluptueuses qui souriaient. Le sein gauche qu'il apercevait était superbement bien fait, ferme avec un mamelon d'un rose tendre.

— Vous n'êtes pas Gene, dit la toute belle effaçant son sourire.

— Je vois que vous avez réussi à retirer le savon des yeux.

— Sortez d'ici, sortez immédiatement !

— Je n'y tiens pas du tout, répondit Remo.

— Sortez ou j'appelle le garde.

— Allez-y, ne vous gênez surtout pas.

— Au secours ! hurla-t-elle.

— Je m'appelle Remo, et vous ?

— Vous ne serez pas ici assez longtemps pour le savoir. Garde ! Garde !

— En l'attendant vous pouvez bien me dire votre nom.

Le beau visage n'était que fureur et frustration car le garde ne semblait pas venir.

— Voulez-vous foutre le camp !

Même sérieuse elle était belle.

— Ecoutez, je sais exactement ce que les hommes éprouvent à regarder des femmes prendre leur douche, mais s'il vous plaît, partez !

Elle était toujours aussi séduisante, même dans son rôle de femme suppliante et affligée.

— C'est bon, que voulez-vous ?

Maintenant la femme d'affaires.

— Qui est Nuihc ?

— Je ne peux pas vous le dire. Partez.

Remo secoua négativement la tête.

— Ecoutez monsieur, soyez raisonnable, si Jethro revient et vous trouve ici, il va vous tuer.

— Peut-être me dira-t-il qui est Nuihc.

— Vous voulez savoir qui est Nuihc ? Eh bien vous le trouverez dans un immeuble en banlieue.

— J'y suis déjà allé.

— Monsieur, je sais bien que vous n'y êtes pas allé. Foutez le camp, avant que Gene ne revienne.

— Comment vous appelez-vous ?

— Chris. Maintenant partez. Laissez-moi au moins m'habiller.

— D'accord, vous pouvez vous habiller, je vous attends dehors.

— Qu'est-ce que vous êtes gentil !

Remo lui planta un baiser sur la joue gauche et sortit. Il attendit dans le salon.

— Il vous en faut du temps, s'impatienta-t-il.

— Une seconde, j'arrive, répondit Chris.

Finalement la porte s'ouvrit et Chris s'avança dans la pièce vêtue d'une robe blanche transparente. Elle était ravissante.

— Votre robe en cache beaucoup moins que le rideau de la douche.

— Ça vous donne envie, n'est-ce pas ? dit-elle triomphante.

Remo pencha un instant sa tête sur le côté, comme pour la jauger.

— Oui, si vous êtes sage je vous ferai l'amour.

— Vous voulez dire que vous aimeriez bien pouvoir.

— Je peux.

— Mais vous préféreriez que je vous y aide.

— Vous m'aiderez.

— Vous semblez bien sûr de vous.

— Ça fait partie du métier, ma belle.

— Voulez-vous un verre ?

— Non, merci, je suis au régime.

— Je vous offrirais bien quelque chose à manger mais personne ne peut entrer ou sortir sans l'autorisation de Jethro.

— Si, on peut.

— Non. L'endroit est bouclé. On est coincé jusqu'à demain, quand tout le monde se rendra dans ce nouvel immeuble où vous prétendez avoir été.

— Quel est votre plat préféré ?

— Vous plaisantez ? J'adore la cuisine italienne.

— Je connais un très bon restaurant italien dans le quartier de Cicero.

— Mais je vous dis qu'on ne peut pas sortir d'ici.

— Hum, du lasagne dégoulinant de sauce à la tomate et de fromage.

— Je n'aime pas le lasagne, j'aime les spaghetti avec une sauce aux huîtres, le homard fradiavolo et le veau marsala.

— Je connais un endroit où les huîtres nagent dans une sauce ail et beurre et où le veau fond dans la bouche avec un délicieux goût de vin, insista Remo.

— Nous n'avons qu'à tuer le garde.

— Mettez quelque chose sur votre déshabillé.

— Je plaisantais !

— Le homard est nappé d'une sauce rouge pimentée.

— Je vais mettre mon manteau.

Quand ils passèrent devant le garde dans le couloir, Chris mit un doigt délicat sur ses lèvres.

— Je ne voulais vraiment pas qu'on le tue.

— Je sais, répondit Remo. Il n'est qu'endormi pour un bon moment.

Ils descendirent les escaliers sur la pointe des pieds réprimant leur rire comme des gamins faisant l'école buissonnière.

Remo « emprunta » une voiture dans le garage de l'hôtel en bricolant deux fils électriques.

— Vous êtes terrible ! Quand Gene s'apercevra de notre escapade il nous tuera.

— Vous verrez comme le pain est croustillant quand on sauce, un vrai plaisir.

— Je connais un raccourci pour aller à Cicero, j'y suis née.

Ils discutèrent agréablement tout le long du chemin. Chris lui raconta qu'elle aimait Jethro comme jamais elle avait aimé auparavant. Elle avait connu beaucoup d'hommes mais pas quelqu'un comme Gene. Il était tellement gentil. Un peu dans le genre de Remo, mais moins sûr de lui. Remo comprenait-il ce qu'elle voulait dire ?

Oui, il comprenait. Elle était tombée amoureuse de Gene quelque temps avant qu'il ne change et même depuis, elle continuait à l'aimer. Elle ne pouvait pas s'en empêcher. Mais elle pensait qu'elle le quitterait après...

— Après quoi ?

— Ça n'a pas d'importance, je ne veux pas en parler.

— D'accord, répondit Remo et ils continuèrent en silence. Puis Chris reprit :

— Vous savez avant je n'étais pas habillée comme ça. Mais depuis deux mois Gene s'est mis à aimer ce genre d'accoutrement. Il fait aussi des tas de drôles de choses, des mouvements bizarres, surtout des exercices de respiration.

— Est-ce qu'il crie quand il expire ? demanda Remo.

— Oui. Comment le savez-vous ?

— Je sais. Je ne le sais que trop bien.

— Eh bien moi, je n'aime pas porter ces vêtements, continua-t-elle sans prêter attention à la remarque de Remo. Elle était bien trop préoccupée par elle-même. Moi, j'aimerais me garder pour Gene, mais il ne pense qu'à m'exhiber comme si je n'étais qu'un objet décoratif. Ça ne me plaît pas beaucoup.

— Vous n'avez qu'à vous habiller comme vous voulez.

— Il n'est pas d'accord, ou je m'habille comme il veut, ou il me laisse tomber.

— Dans ce cas-là, trouvez quelqu'un d'autre.

— Je ne peux pas. J'ai besoin de lui comme je n'ai jamais eu besoin de quelqu'un. Surtout depuis qu'il a changé. Vous ne pouvez pas savoir comment il fait l'amour. Aucun homme ne sait faire l'amour comme lui. C'est fantastique, c'est plus que beau, c'est tellement merveilleux que c'en est affreux.

Ils arrivèrent finalement au restaurant. Lui, ne but que de l'eau pendant que Chris s'empiffrait.

Sur le chemin du retour, avant d'arriver à l'hôtel, Remo arrêta la voiture. Avant qu'elle n'ait eu le temps de protester, il glissa une main douce sur son ventre et l'embrassa sur la bouche. Ensuite il lui caressa les cuisses avec des longs mouvements rythmiques et embrassa son cou, sa poitrine. Doucement, inexorablement, il l'amena à un désir violent. Elle arracha ses vêtements, puis se mit à crier, l'implorant de la prendre. Il pénétra son corps passionné qui remuait frénétiquement cherchant à assouvir une passion intense.

— Mon Dieu, mon Dieu, gémit-elle.

Sa tête était coincée contre la portière de la voiture.

Son corps en extase laissait des traces humides sur le vinyl des sièges. Elle lui lacérait le dos et la nuque avec ses ongles, ses yeux s'ouvraient et se refermaient, sa bouche ouverte cherchait à mordre. Elle donna un coup de pied dans le volant et frappa Remo avec ses poings. Tantôt elle gémit, tantôt elle poussa des cris déchirants, le va-et-vient de ses reins était de plus en plus violent et saccadé, réclamant encore et toujours plus. En deux coups de hanche de maître, Remo la conduisit, sanglotant, hurlant, au paroxysme.

— Oh ! Oh ! Encore, encore, je viens, je viens.

Elle retomba contre la banquette comme un pantin désarticulé. Remo promenait sa langue le long de son cou jusqu'au mamelon durci pendant qu'elle lui mordillait l'oreille. De sa main droite il lui caressait la hanche, faisant monter une nouvelle tension en elle. Elle se remit à taper de la tête contre la portière, le suppliant de continuer de plus en plus vite. Remo la pilonnait avec une vitesse impossible pour le non-entraîné. A l'intérieur elle avait un feu sauvage et elle se raidit comme un arc. Puis son visage se décomposa, sa bouche s'ouvrit mais aucun son ne lui échappa. Elle s'enfonça mollement dans le siège submergée par une joie délirante. Ce ne fut qu'un bon moment après qu'elle put parler. D'une voix très enrouée :

— Remo ! Oh Remo ! Je n'ai jamais connu ça. Vous êtes merveilleux.

Il la cajola gentiment puis l'aida à se rhabiller. Elle se blottit contre lui, il ramena son manteau autour d'elle et démarra. Sur le chemin ils longèrent un petit parc.

— Vous voulez marcher un peu ? lui demanda Remo.

— Je veux bien. Mais pas ici, c'est un quartier noir.

— Je pense qu'on n'aura pas d'ennuis.

— Je ne suis pas si sûre, répondit Chris inquiète.

— Chérie, vous me faites confiance ?

— Vous m'avez appelée chérie, s'exclama-t-elle joyeuse.

— Me faites-vous confiance ?

— Oh, oui Remo je vous fais confiance.

Ils marchèrent dans le parc jonché de bouteilles vides et de boîtes de conserve. Il y avait peu d'arbres.

Un clochard noir et soûl dormait sur un des rares bancs.

Chris sourit et embrassa l'épaule de Remo :

— C'est le plus beau parc que je connaisse. Vous sentez comme l'air est bon ?

Remo ne respirait que l'odeur de pourriture qui émanait d'un endroit qui devait servir de dépotoir pour tout le quartier. Ils s'asseyèrent sur un banc, Remo la serra contre lui bien au chaud.

— Ma chérie parlez-moi de vous, de Jethro, des hommes dans les chambres de l'hôtel et de Nuihc.

Elle parla. Elle raconta comment elle avait rencontré Gene la première fois. Remo lui demanda quand il commença à avoir de l'argent. Elle lui raconta comment Gene avait changé de caractère, et Remo voulut savoir si c'était Nuihc qui fournissait l'argent. Elle parla de l'immeuble, à la porte de la ville, qui occupait tout le temps de Gene. Remo voulut savoir si elle avait une clef de l'immeuble. Il remarqua aussi combien il devait être difficile pour quelqu'un d'aussi sensible qu'elle, de partager un étage avec les cochons qu'il avait vus.

Oh ! ces hommes n'étaient pas des cochons ; c'étaient des amis de Gene. Les présidents des trois syndicats qui allaient se joindre au sien. Remo le savait déjà, n'est-ce pas ? Oui il le savait. Il savait même que la fusion se ferait officiellement demain. Mais il n'empêchait que ces hommes trompaient leurs femmes. Oui, Chris le savait, mais Remo, lui, ne serait pas infidèle n'est-ce pas ? Bien sûr que non. Si Remo lui avait si bien fait l'amour, c'est qu'il l'aimait profondément. Au fait, savait-elle où l'on pouvait joindre les épouses ? Oui, elle le savait car elle était la secrétaire personnelle de Gene. Il l'avait choisie parce qu'elle pouvait classer les choses mentalement, sans besoin de les noter sur un papier.

Incroyable ! c'était une blague ? Remo aimerait la tester juste un peu, pour s'amuser.

Et ils continuèrent ainsi jusqu'à ce que Remo possède tous les éléments du puzzle. Les accords inter-syndicat, les transferts de capitaux plus contraignants que les liens du sang et plus solides que le béton. Remo l'aimait-il vraiment ? Bien sûr qu'il l'aimait.

Tout d'un coup ils entendirent des pas dans la nuit, des coups de pieds dans des canettes de bière vides. Remo se retourna. Ils étaient huit, allant d'un gamin coiffé à l'afro un peigne dans la chevelure, à un costaud dans la trentaine. Huit hommes sans rien à faire une chaude soirée de printemps à une heure du matin.

— Oh, mon Dieu ! s'écria Chris.

— Ne vous en faites pas, la rassura Remo.

Deux hommes en maillot de corps, pantalon à pattes d'éléphant, des chaussures à talons métalliques et un chapeau de maquereaux vissé de travers sur leur coupe afro, s'approchèrent. Les autres ne bougèrent pas. Remo pouvait voir les muscles noirs luire sous le réverbère.

— On est sorti de son joli quartier tout blanc ce soir ? dit celui de gauche.

— Le zoo était fermé, alors on s'est dit qu'on ferait un petit tour par ici.

Remo sentit Chris lui pincer le bras, blanche de terreur.

— Ce que tu es drôle, mon bonhomme. Nous te remercions de nous avoir amené de la viande blanche. La viande noire adore la viande blanche.

Remo reprit d'une voix froide et sans remords :

— Tu la sors et, je te préviens, elle tombe.

Il ne voulait pas faire quoi que ce soit avant d'avoir prévenu des conséquences.

— Tu te goures, mon vieux, c'est la tienne qui va tomber, répondit l'homme de gauche, faisant luire sa lame de rasoir dans l'éclairage des lampadaires. Son compagnon brandissait déjà un couteau impressionnant. Le plus vieux d'entre eux exhiba une chaîne. Le plus jeune, qui ne devait avoir guère plus de dix ans, tenait un pique à glace. Remo sentit le corps de Chris mollir contre lui. Elle venait de s'évanouir.

— Ecoutez, reprit Remo. Je n'ai vraiment rien contre vous. Je vous donne une dernière chance ; laissez tomber.

— Tu peux déguerpir, mon vieux, tu n'as qu'à nous laisser la chatte blanche, on s'en occupera. Elle va adorer ça.

Il sourit de toutes ses dents blanches, mais elles ne resplendirent qu'une seconde, Remo avait bondi, envoyant sa main gauche en pleine figure qui se transformait en une masse sanguinolente. Un couteau vola à droite, la chaîne s'enroula autour d'un cou et, subitement, ils s'enfuirent dispersés à travers le parc. Le plus jeune, agitant son pique à glace, vit soudain qu'il était seul.

— Merde ! s'exclama-t-il, mais il attendit courageusement.

— Qu'est-ce que tu comptes faire avec ça ? lui demanda Remo, désignant le pic à glace.

— Te fendre la gueule si tu ne recules pas.

Remo recula. Le jeune garçon fut délicieusement surpris mais restait sur ses gardes. Un de ses aînés, de l'autre côté de la rue, réunit assez de courage pour lui crier :

— Tire-toi, Skeeter !

— Espèce de trouillard je le tiens. Si tu bouges, t'es cuit.

— Je ne bouge pas, répondit Remo.

— Passe-moi ton oseille.

— Si je te file mon fric, tu ne me tueras pas ?

— Donne ! ordonna le gamin la main tendue en avant.

Remo lui glissa un billet de dix dollars.

— Donne tout ce que t'as.

— Non, rétorqua Remo.

— Je vais être obligé de t'en filer un coup dans le ventre, menaça Skeeter moulinant son pique à glace.

— Dix dollars, à prendre ou à laisser.

— Je prends, répondit Skeeter mettant le billet dans sa poche et il partit en courant.

— Ce mec n'est pas si dur que ça, annonça-t-il à ses copains cachés.

Le plus vieux l'attrapa par les cheveux, lui assenant un coup sur le crâne ; un autre le maintint au sol pendant qu'un troisième s'emparait des dix dollars. Ils s'enfuirent, abandonnant le gosse sanglant par terre.

Chris était toujours dans les pommes.

Remo se leva et alla vers le gamin, il lui glissa deux billets de vingt dollars dans la poche.

— C'était plutôt idiot de ta part de retourner vers ces types avec dix dollars en poche.

Le gosse cligna des yeux puis se leva péniblement.

— Ce sont mes frères et l'un d'eux est mon père, je crois.

— Je suis désolé.

— T'es qu'un sale Blanc de merde. Je te hais, je te tuerai.

Le gamin frappa Remo de toutes ses forces. Remo s'éloigna le laissant s'escrimer dans le vide et rejoignit Chris. Il l'embrassa tendrement jusqu'à ce qu'elle se réveille.

— Oh ! fit-elle. Ils m'ont violée pendant que j'étais évanouie ?

— Personne ne vous a touchée, chérie, tout va très bien.

— Ils m'ont violée ?

— Non.

— Oh !

— Allons venez, ma chérie, nous avons quelques coups de fil à passer et les numéros sont dans votre jolie petite tête, lui dit-il, l'embrassant sur le front.

CHAPITRE XII

Les femmes des trois présidents des autres syndicats de transports étaient éparpillées dans divers motels de la ville. Elles avaient été prévenues que leurs maris devaient travailler d'arrache-pied jusqu'au vendredi 17. Elles pouvaient, si nécessaire, les joindre par téléphone, mais sous aucun prétexte venir les déranger, car des discussions difficiles avaient lieu à huis clos. Les épouses avaient reçu une somme confortable à dépenser et elles étaient, en outre, discrètement surveillées.

Chris fournissait ainsi à Remo les derniers éléments lui permettant maintenant de tout comprendre.

— Gene est convaincu que la possibilité de s'envoyer en l'air sans risque d'être dérangés est une tentation suffisamment forte pour les pousser à s'unir. Il dit souvent qu'un nombre incroyable de décisions sont emportées grâce à des petites faveurs de ce genre.

Remo et Chris étaient assis dans leur voiture devant le Motel *Belle Journée*. Comme tous les établissements de la chaîne, celui-ci s'ornait d'un énorme dais supportant un panneau où l'on lisait : « Relais routiers. Bienvenus. »

— Je ne peux croire que des leaders syndicalistes prennent des décisions de cette importance juste pour une séance de fornication.

— Non, bien sûr ! Gene n'a jamais pensé que ce

serait suffisant. Il a aussi versé à chacun personnellement une somme importante garantissant d'autres avantages et des bons salaires pour les délégués. Vous savez, avec un super-syndicat comme celui-ci ils n'auront plus besoin de discutailler et de marchander leurs rémunérations. Ils n'auront qu'à demander et s'ils n'obtiennent pas satisfaction, le pays crèvera de faim.

— Il n'a pas pensé que le Congrès pourrait passer une loi.

— Oh si ! Le Congrès peut bien voter une loi mais il ne peut pas conduire un camion ou un avion ou décharger un cargo.

— Pourquoi n'a-t-il pas également entraîné le syndicat des marins dans le coup ?

— Il n'en a pas besoin. Les marins sont de toute façon bien obligés d'amener la marchandise et, au fond, sont à la merci des dockers. Si ces derniers font la grève, les autres n'ont plus qu'à aller se coucher. C'est la livraison à travers le territoire américain qui est capital.

— C'est ce fameux Nuihc qui a monté toute l'affaire ?

— Exact. C'est un bonhomme plutôt antipathique mais il sait ce qu'il fait.

— A quoi est-ce qu'il ressemble ?

— A un jaune malicieux.

— Merveilleux. Nous avons réduit les possibilités à un tiers de la population mondiale grâce à votre description. Bon, vous restez là. J'y vais.

— Chambre 3J, lui rappela Chris.

— Je m'en souvenais.

— Ce n'était qu'une précaution, la plupart des gens ont mauvaise mémoire.

— Merci.

Il était trois heures du matin et tout était calme dans le motel. De petite lumières orange brillaient devant chaque porte, brûlant probablement un produit chimique destiné à écarter les moustiques. Remo trouva la porte 3J et frappa. Il aperçut au coin du couloir un homme qui semblait porter une longue perche, mais il s'agissait, en fait, d'un fusil. L'homme s'approchait.

— Pourquoi êtes-vous devant cette...

L'individu ne put terminer, car il tomba sur le sol cimenté au moment où la porte de la chambre 3J s'ouvrit laissant apparaître une tête garnie de rouleaux et un visage généreusement enduit de crème.

— Madame Loffer, je suppose ?

— Oui.

— Mon nom est Remo Jones, je suis de la police des mœurs de Chicago.

— Il n'y a personne dans ma chambre. Je suis seule.

— Ce n'est pas pour vous, madame. J'ai de mauvaises nouvelles au sujet de votre mari.

— Montrez-moi votre insigne.

Remo plongea sa main droite dans sa poche, saisit un demi-dollar en argent, il sortit son portefeuille de sa main gauche et présenta le tout à la femme endormie qui crut voir un insigne brillant, incrusté dans un portefeuille. Dans la pénombre son manège avait passé inaperçu.

— C'est bon, vous pouvez entrer.

L'inspecteur Remo Jones raconta alors à madame Loffer une bien triste histoire sur son mari. Il lui dévoila le goût prononcé de son époux pour les mineures.

— Le salaud !

Il lui expliqua que, probablement, les filles étaient manipulées par une organisation syndicale et que son mari n'était pas entièrement responsable.

— L'ordure !

Il lui dit carrément que son mari n'était que victime d'une sombre machination.

— Vous plaisantez ! Il a toujours été une ordure et il le restera jusqu'à la fin de ses jours, s'écria madame Loffer.

Aux environs de 4 h 30, Remo avait trois femmes furieuses et déchaînées à l'arrière de sa voiture. La première épouse l'avait aidé à convaincre la seconde et quant à la troisième elle était déjà prête avant même que Remo n'ait pu lui expliquer que son mari n'était pas vraiment coupable.

A la même heure dans un immeuble tout neuf au plâtre pas tout à fait sec, juste en dehors de la ville, Gene Jethro assis près d'un bassin au milieu d'une oasis de fraîcheur écoutait, hochait la tête, transpirait abondamment et se tordait les mains nerveusement.

— Ne peut-on tout simplement l'ignorer ?

— Non, lui répondit son interlocuteur à la voix nasillarde.

— Ecoutez, je ne lui en veux pas particulièrement. D'accord il s'est tiré avec Chris mais ce n'est qu'une bonne-femme et il y en a des tas d'autres.

— Ce n'est pas parce qu'il t'a pris ta femme, ce n'est pas parce qu'il est très dangereux. Il doit mourir, c'est une précaution indispensable.

— On a déjà essayé avec le bulldozer et ça n'a pas marché. Le type me fait peur, Nuihc.

— Cette fois-ci, tu réussiras.

— Comment le savez-vous ?

— Parce que je sais ce qui marchera avec cet homme et, une fois mort, le nutritionniste s'en ira.

— Oh ! On peut s'occuper du vieux Jaune. Je veux dire du gentleman oriental.

— Est-ce que les trois hommes que tu avais envoyés se sont occupés, comme tu dis, du vieux Jaune ?

— Je suis désolé pour cette expression malheureuse.

— Ecoute-moi bien. Ni toi, ni tes hommes ou leurs enfants ou les enfants de leurs enfants, même avec des armes des plus sophistiquées, même avec une coordination bien au-delà de ton imagination pourraient, comme tu dis, s'occuper du vieux Jaune.

— Mais c'est un vieillard, il est sur le point de mourir.

— C'est toi qui le dis, ce qui ne t'a pas empêché de perdre trois hommes. Penses-tu que tes yeux peuvent te révéler des vérités quand tu ne sais pas regarder? Penses-tu que tes oreilles peuvent t'apprendre des vérités quand tu ne sais pas écouter? Penses-tu que tes mains peuvent te révéler des vérités alors que tu ne sais pas ce que tu touches? Tu n'es qu'un imbécile et on doit tout expliquer à un imbécile.

Gene Jethro écoutait observant les ongles longs comme des flèches décrire des cercles dans l'espace.

— Vos pièges à Occidental sont très grossiers. Vous faites en sorte que toutes les armes attaquent en même temps. Vous pensez que cela est très efficace. Vous vous trompez d'autant plus lorsqu'il s'agit d'une cible qui connaît les rudiments de son art. Maintenant étudions une embuscade classique, à quatre ou trois flancs, cela n'a pas d'importance. Avec des mitraillettes crachant de toute part, il est impossible d'en réchapper, n'est-ce pas?

— Il me semble, répondit Jethro.

— Faux. Absolument faux! Car avec une vitesse suffisante on peut éliminer une source avant qu'une autre ne se mette en action. Je parle, bien sûr, de fractions de seconde. Et nous avons posé comme hypothèse que notre cible n'est pas aussi maladroite que toi. Il détruit donc un premier point, puis s'occupe des autres, s'enfuit ou fait ce qu'il veut. Ce genre d'embuscade ne peut réussir que contre des amateurs. Maintenant, supposons que chaque source soit une embuscade en soi. Tout simplement en plaçant autour de chaque mitraillette d'autres embuscades, qui n'entrent en action que quand le point qu'ils sont chargés de surveiller est attaqué.

— Ça revient à doubler nos chances.

— Non, c'est multiplier nos chances par neuf. Nous supposons maintenant que notre cible a été entraînée pour attaquer des séries de pièges comme ceux que je viens de décrire et qu'il bénéficie d'une grande vitesse. Souviens-toi que le deuxième point ne fera feu que lorsque la première position sera attaquée. En outre, nous disposerons d'une troisième réserve pour couvrir le deuxième. A ce moment-là, tu augmentes ton efficacité non par neuf, mais par neuf fois neuf. Tu n'utilises ainsi que vingt-sept hommes pour une efficacité bien supérieure que trois fois trois fois trois.

— Mais où allons-nous dresser notre embuscade ? En plein désert ?

— Absurde. Un hôtel est parfait, avec les chambres et le couloir. Pour ce cas-ci, le hall de l'hôtel est tout indiqué. Même toi, tu pourrais trouver comment.

— J'ai peur.

— C'est ça ou une jolie petite flaque.

— Mais vous avez besoin de moi. Vous ne pouvez pas réussir sans moi !

— Et qui étais-tu donc quand je t'ai trouvé ? Un *shop steward.* Si j'ai pu faire de toi ce que tu es aujourd'hui, je peux recommencer avec n'importe qui. Je t'ai appris à faire l'amour comme aucun homme blanc ne sait le faire. Je t'ai appris une astuce adaptée à ton incompétence et qui fait disparaître tes adversaires. J'ai fait de toi le Gene Jethro d'aujourd'hui et je peux le refaire. Je n'ai pas besoin de toi. Je me sers de toi, je suis surpris que tu n'aies pas compris cela tout seul.

— Vous m'avez dit que vous vouliez m'aider, que j'avais un tel potentiel en moi que c'était dommage de le gâcher.

— Une jolie petite chanson pour une tête bien légère.

Gene Jethro soupira, regarda une branche de palmier qui pendait à côté de lui, puis baissa son regard vers ses mains.

— Et qu'arrivera-t-il si ce vieil Oriental décide de venir ici s'en prendre à nous ? S'il est aussi fort que vous le dites ?

— Il est déjà venu et reparti. Nous n'avons pas à nous soucier de ce vieux monsieur. Il n'est pas fou.

— Vous avez dit vingt-sept dans le hall de l'hôtel ?

— Exact. Trois protégés par trois également protégés par trois.

— Il vaut mieux que j'aille m'en occuper tout de suite.

— Appelle tes hommes, qu'ils viennent ici, je suis désolé mais tu ne partiras pas.

— Mais la Convention, notre grande journée...

— Les choses s'accompliront, dit l'homme au visage d'Oriental aplati. Qui aurait cru qu'en deux mois je puisse faire construire cet immeuble ? Qui aurait pensé qu'en deux mois je fasse de toi le président d'un puissant syndicat ? Les choses s'accomplissent, mon ami, car elles sont inscrites dans mon livre comme dans les étoiles. Notre petit ennemi blanc, que tu crains tant, sera mort avant le prochain coucher du soleil. Tu seras le leader syndical le plus puissant de l'histoire avant le coucher suivant. Et moi j'aurai ce que je désire.

— Que voulez-vous ?

Le visage écrasé de l'Oriental s'éclaira d'un sourire.

— Chaque chose en son temps. D'abord, occupe-toi du Blanc. Bien sûr, il se pourrait qu'il en réchappe.

Nuihc savoura l'inquiétude qu'il lut sur le visage du Blanc en face de lui et répéta :

— Il pourrait bien échapper à cette embuscade.

— Mais...

— S'il connaît le « ruban écarlate ». Mais ne mets pas de soucis supplémentaires dans ton cœur. Aucun homme blanc ne peut comprendre le « ruban écarlate ». Ni Remo Jones, ni toi.

*
* *

Remo arriva à l'hôtel de Jethro où Chris l'attendait. Les trois femmes assises à l'arrière bondirent sans se faire prier et se ruèrent vers l'entrée. Elles escaladèrent les dix-huit étages poussées par la colère et la rage. Trébuchant et essoufflées, elles ne ralentirent qu'une fois arrivées à l'étage réservé au jeune président. Remo poussa la grille qui n'avait même pas été réparée et galamment les laissa passer devant lui.

Lorsque le garde aperçut Remo, il se précipita pour appeler l'ascenseur. Sautillant de peur il surveillait, très inquiet, l'indicateur d'étage. La porte s'ouvrit finalement et Remo le vit littéralement plonger pour appuyer sur le bouton de fermeture.

S'adressant aux épouses il dit :

— Vous pouvez y aller, les portes sont ouvertes. Je n'ai pas pu les refermer après avoir forcé les serrures. Ce n'est plus de la bonne qualité, comme dans le temps.

De puissants ronflements leur parvenaient à travers la première chambre.

— C'est lui ! s'exclama madame Loffer. Je reconnais ce ronflement. Remo lui ouvrit la porte. Une femme regardait pendant que l'autre lui murmura :

— Arrache-lui les couilles.

Remo pénétra dans la chambre derrière madame Loffer. Elle fixait le lit éclairé par une lampe de chevet et l'homme dans la cinquantaine qui y dormait, une superbe rousse dans les bras.

— Elle doit faire un trente-huit, soupira madame Loffer. Sa voix se brisa. Oui, elle fait un parfait trente-huit.

Remo reniflait une odeur de vieux champagne tiède. Mme Loffer se pencha et murmura à l'oreille de son mari :

— Joey, chéri, j'ai entendu du bruit en bas.

Il continua à ronfler. Madame Loffer secoua son mari par l'épaule.

— Joey chéri. C'est l'heure du petit déjeuner. Va, descends préparer le café.

Imperturbable, le Joey en question ronflait toujours. Mais la rousse, taille trente-huit, se réveilla, vit Remo puis l'épouse légitime. Elle ouvrit la bouche, mais Remo lui plaqua violemment sa main dessus avant qu'elle n'ait le temps d'émettre un son.

Joseph Loffer, le leader syndical des travailleurs les mieux payés du monde, les pilotes d'avions, qui en moyenne gagnent trente mille dollars par an, se réveilla et voulut descendre faire du café.

Il ouvrit les yeux, se redressa, embrassa sa femme et se figea soudain lorsqu'il comprit que sa femme était déjà habillée et qu'un homme bâillonnait la superbe créature nue à ses côtés. Il s'apprêtait à se lancer dans une longue explication désespérée lorsque madame Loffer lui décocha un coup sévère sur les testicules. Plié en deux de douleur, il reçut un genou en plein visage, puis une bonne gifle et des ongles agressifs dans les yeux. Il retomba sur le dos et sa femme s'assit sur lui.

C'était une excellente attaque. Remo se demanda si c'était par instinct ou sous l'effet de la fureur que certaines personnes semblent tout à fait capables de garder une ligne de corps.

Aucun des coups portés par madame Loffer sur son mari n'était vraiment dangereux, mais elle arrivait à se maintenir à califourchon tout en conservant un rythme de coups régulier.

Remo devait reconnaître qu'elle s'en sortait très bien.

— Essayez avec vos coudes. Parfait. Pour quelqu'un sans entraînement, c'est excellent. Non, pas de direct au visage, vous avez une très bonne ligne de corps. Gardez-la, l'encourageait Remo.

Exténuée, madame Loffer roula à côté de son mari en sang. Elle s'assit sur le bord du lit, mit sa tête dans ses mains et fondit en larmes. Son mari réussit à se relever et, d'un effort louable, à s'asseoir auprès d'elle.

— Je suis désolé. Désolé.

— Espèce de salaud, ordure, fais ta valise, on s'en va.

— Je ne peux pas partir.

— Raconte ça au policier. Tu es tellement ignoble que même la brigade des mœurs s'en est mêlée.

— Il n'existe aucune loi, chérie...

— Mon avocat te dira s'il existe ou non, une loi.

— Je ne peux pas partir.

Remo relâcha la belle rousse et lui dit :

— Feriez mieux de vous habiller et de déguerpir.

Elle lui jeta un sale œil.

— Vous êtes un détective privé, n'est-ce pas ?

— Habillez-vous. Et vous, Mr. Loffer, vous quitterez cette ville dans une demi-heure.

Remo conduisit la seconde femme dans la chambre du milieu. Elle vida deux cendriers sur l'amoncellement de corps et frappa hystériquement, griffant tous les derrières, visages ou membres qu'elle put atteindre. Son mari se réfugia dans un coin. Remo lui jeta ses vêtements.

— Quittez Chicago d'ici une demi-heure ou vous vous retrouverez en prison.

La scène dans la troisième chambre fut beaucoup plus calme. La femme éclata en sanglots lorsqu'elle vit son mari enchevêtré dans des membres féminins. Elle blottit son visage contre la poitrine de Remo et hoqueta désespérément. Remo ressentit les titillements du remords. Mais il n'y avait pas de choix ; ou il les faisait partir de la ville, ou il les écrasait avec la poutre.

Ce mari-là était furieux, il se mit à crier. Comment sa femme osait-elle entrer comme ça ? Comment osait-elle le suivre ? Le faisait-elle espionner ? N'avait-elle pas confiance ? Comment pouvait-elle ?

Remo lui expliqua qu'il était en train de violer une ordonnance morale qu'il inventa au passage. D'accord, elle datait de 1887, mais ça n'empêchait pas qu'elle était toujours en vigueur aujourd'hui.

— Ce n'est pas constitutionnel, répondit le président des dockers. Ça tient pas devant une cour de justice, votre truc.

— Vous avez l'intention de traîner cette affaire devant les tribunaux ?

— Tout à fait. Vous pouvez compter dessus.

Ce mari, impénitent, avait une cinquième côte très intéressante. Légèrement tordue. Remo la lui remit en place. Et dans un cri de douleur l'homme reconsidéra le bien-fondé de sa procédure judiciaire et accepta de quitter Chicago dans la demi-heure.

Il y eut un exode en masse de cet hôtel alors que le soleil se levait à peine sur la ville. Les jeunes femmes en mission partirent les premières, suivies de près par les épouses avec leurs maris. Remo, adossé à un lampadère, les regardait pour vérifier qu'ils partaient bien tous. Il eut des doutes sérieux sur le succès de son intimidation lorsque l'époux à la côte remise en place arrêta une voiture de police qui patrouillait dans le quartier. Remo l'observa se pencher par la fenêtre et parler aux occupants et vit le flic éclater de rire. Remo comprit alors qu'il était démasqué. Pour avoir gardé la tête froide et s'être renseigné pour savoir si une certaine loi était toujours en vigueur, cet homme allait causer sa propre mort et celle de ses compagnons.

Remo serait maintenant forcé de faire un rapport

navré à Smith. Il faudrait recourir à la solution extrême envisagée. C'est le sort des perdants. Seuls les fous, les idiots et les perdants recourent à de telles mesures, et Remo devait bien admettre qu'il faisait partie de la dernière catégorie.

CHAPITRE XIII

L'embuscade était simple à mettre en place et comportait peu de risques. Pigarello l'expliqua une nouvelle fois à ses vingt-six compagnons. Il précisa bien qu'il ne demandait à personne de se faire tuer ou de tuer, il leur donnait tout simplement l'occasion de gagner un peu d'argent.

Il ne leur avoua pas qu'il les avait choisis parce qu'ils étaient les délégués les moins importants du syndicat, et que tout ce qu'ils avaient d'intéressant était leur puissance musculaire ; chose facile à remplacer en ce bas monde. Il n'avait aucunement l'intention de leur être désagréable et de gâcher l'alléchante proposition financière qu'il leur soumettait.

— Tout ce que je vous demande, les gars, c'est un peu de sens pratique. Vous vous défendez si on vous attaque ou si l'on attaque un de vos frères routiers.

Quelques grognements « D'accord » « O.K. » « Compris » émanèrent de types avachis, à moitié endormis, dans le grand auditorium au milieu d'une forte odeur de peinture. On les avait tirés de leur lit au petit matin et rassemblés ici dans le nouvel immeuble. Certains d'entre eux avaient été réveillés par leur président de cellule, d'autres par leurs délégués ou leur *business agent.* Mais toujours par quelqu'un hiérarchiquement au-dessus d'eux. On n'avait d'ailleurs pas pris de gants, mais tout simplement dit : Tu te réveilles, sinon... »

Dès qu'ils se retrouvèrent dans l'auditorium bien éclairé, ils se reconnurent entre eux. Les gros bras de Dallas, San Francisco, Colombus, Savannah. Les vingt-six costauds à la musculature bien entretenue, se voyant tous rassemblés, comprirent que cette mission serait sanglante, ce qui ne leur plaisait pas du tout. Assister à la Convention était une récompense pour bons et loyaux services et non pas une occasion de travail supplémentaire. Le Pig continuait ses recommandations :

— Je sais que la plupart d'entre vous trouve profondément injuste d'avoir été réveillés à cette heure indue. Je sais que vous préféreriez être encore au fond de votre pieux. Mais laissez-moi vous dire pourquoi vous êtes tous ici. Vous êtes ici parce que... parce que ... Pigarello ne trouvait pas ses mots... parce que vous êtes ici.

Des murmures de mécontentement s'élevèrent dans l'atmosphère endormie.

— Je vous demande de protéger vos frères contre de dangereux hommes de main. J'indiquerai à chacun sa place. Vous tirerez sans merci sur quiconque s'attaque à l'un d'entre vous. Nos avocats sont prévenus, il n'y aura pas de problèmes. Compris ?

D'autres murmures de mécontentement.

Le Pig fit passer une page arrachée à un magazine. Quelques types laissèrent échapper des exclamations de surprise en voyant la photo de leur secrétaire général. On leur demandait de descendre leur tout nouveau secrétaire général !

— Des questions ? demanda Pigarello.

Un représentant du Wyoming se leva.

— Combien de types ce monsieur amènera-t-il avec lui, Pigarello ? Nous sommes vingt-sept et je n'ai pas l'intention de me trouver en face de cinquante mecs de chez Bludner.

— Bludner est avec nous, répondit le Pig.

Murmures d'étonnement.

— Tu veux dire que ce Remo Jones s'attaque à toi sans l'accord de son président de cellule ? insista le délégué du Wyoming.

— Tu m'as bien compris.

— Ben alors, qui le soutient ?

— Personne.

— Tu veux dire que c'est tout seul qu'il vient te chercher ?

— Ouais.

— C'est difficile à croire !

— Tu ferais mieux de le croire, parce que c'est exactement ce qui va se passer. Maintenant assieds-toi. Y a-t-il d'autres questions ?

Trois mains se levèrent.

— Baissez vos bras, ordonna Pigarello, le temps des questions est écoulé.

*
* *

Remo siffla un taxi et demanda au conducteur :

— Combien de temps vous reste-t-il avant la fin de votre journée ?

— En général les gens me demandent si je suis d'accord pour aller à tel endroit, mais pas combien de temps il me reste, répondit le chauffeur en haussant les épaules.

— Peut-être bien, mais je ne fais pas partie des gens, et en plus j'ai l'argent très facile.

— J'ai fait une bonne journée et une affaire louche ça ne m'intéresse pas.

— Il n'y a rien de louche. Voulez-vous gagner douze heures ?

— Je suis crevé.

— Cent dollars.

— Je me sens déjà mieux.

— Bon, vous conduirez cette dame à travers Chicago, pendant douze heures sans vous arrêter plus de dix minutes.

— Vous allez pouvoir dormir sur la banquette, dit Remo aidant Chris à monter à l'arrière du taxi, et il lui enfourna dans la main une masse de billets, bien en vue du chauffeur pour le rassurer.

— Pourquoi est-ce que je ne peux pas aller avec vous à l'hôtel ? demanda Chris.

Remo lui murmura à l'oreille :

— Parce que nous sommes des gens marqués. Vous êtes devenue une cible. Je vous retrouve ce soir vers six, sept heures au meilleur bar de l'aéroport international O'Hare. Attendez-moi jusqu'à minuit. Si je ne viens pas, allez-vous-en, et vite, votre vie en dépendra. Changez votre nom et ne vous arrêtez plus de courir pendant deux jours.

— Pourquoi deux jours ?

— Parce qu'on s'est aperçu que deux jours est un laps de temps idéal dans ce genre de fuite. J'ai pas le temps de vous expliquer, croyez-moi sur parole.

— Ce serait aussi simple pour moi de prendre un vol qui dure six heures et puis revenir, puisque je dois bouger pendant douze heures.

— Parce qu'un vol programmé est comme un ascenseur. On sait où il va et quand il arrive. Croyez-moi, le taxi, c'est ce qu'il y a de mieux.

— Mais chéri, je n'ai pas peur de Gene.

— Moi si. Allez, en route.

Remo embrassa Chris sur la joue et fit signe au chauffeur de démarrer. Il lui fit comprendre qu'il prenait bonne note de son numéro d'immatriculation et de son nom. Il ne s'en souviendrait pas, mais l'homme pensait maintenant que s'il arrivait quelque chose à sa passagère on s'en prendrait à lui.

*
* *

Le 17 avril promettait d'être une journée chaude et humide à Chicago. Ce genre de temps où l'on est déjà fatigué et poisseux en se levant comme si l'on venait de terminer une rude journée de travail. Remo n'avait pas dormi de la nuit. Il savait qu'il pourrait tenir avec vingt minutes de sommeil, aussi retournait-il à son hôtel bien décidé à faire sa sieste. Mais le destin semblait en avoir décidé autrement. En entrant dans le hall, il vit un homme armer son fusil et le mettre en joue. L'entraînement prenant le dessus, il ne s'attaqua pas à cet homme qui venait de retirer son arme d'un sac de golf contre lequel il s'appuyait. Il prit d'abord une seconde pour vérifier le schéma global dans lequel il se trouvait. Il vit ainsi d'autres fusils surgir. Ils sortaient de valises, de cartons, de derrière le comptoir de la réception. Il s'agissait donc d'une vraie embuscade.

Remo décida de procéder de gauche à droite. Sans se soucier des apparences, il fonça dans un malabar qui s'apprêtait à appuyer sur la détente d'un Mauser. Le coup ne partit pas, parce que l'arme se trouva coincée dans le plexus solaire de l'individu, ce qui lui abîma les poumons. Remo continuait d'avancer vers la droite, empêchant ainsi ceux qui se trouvaient à sa gauche et au centre de lui tirer dessus, car ils risquaient de toucher leurs compagnons.

Une femme se mit à hurler. Un bagagiste plongea pour se couvrir mais reçut une balle perdue en pleine gorge. Deux jeunes enfants étaient blottis contre le canapé. Il fallait que Remo entraîne avec lui la ligne de feu loin des gosses. S'il n'y arrivait pas il se chargerait ensuite de soigner ceux qui auraient tiré sur les mômes.

L'offensive de droite était trop serrée. Des amateurs. Remo fractura un crâne d'un coup de pouce et plongea sur un petit bonhomme qui tenait un Magnum 357 à bout portant comme dans un *cheek to cheek.* Le doigt appuyait sur la détente. D'un coup du tranchant de sa main gauche, Remo fit tomber l'arme et le poignet avec, puis lui enfonça le crâne.

Il repartait déjà vers le centre pour s'attaquer à une autre ligne de feu quand un coup claqua si près de sa tête qu'il sentit ses cheveux se déplacer.

Il y avait donc une double rangée. Remo élimina un autre camionneur en lui arrachant les testicules. L'homme resta figé, puis s'effondra mort. Il pivota ensuite en direction de la seconde rangée de feu. Une autre balle venant du centre le frôla. Il était en plein tir croisé, très mauvaise tactique de sa part.

Il passa rapidement derrière un pilier, s'abritant du centre gauche, et entraîna la ligne de feu vers la salle à manger où se trouvait la seconde rangée qui se mit à tirer.

Les tables leur servaient de bouclier. Un bonhomme en reçut la moitié d'une avec la nappe et tout ce qu'il y avait dessus dans la bouche, ce qui lui cassa les vertèbres du cou. Une mitraillette, agitée de tremblements nerveux, se calma, le canon dans la bouche de son servant. Les balles distribuèrent des morceaux de crâne et de cervelle jusqu'au plafond.

Remo se lança en zig-zag dans un espace libéré que, soudain, une balle traversa. Il fut blessé au côté droit, rien de très grave, juste une égratignure superficielle.

Sans avoir besoin de réfléchir, Remo réagit. Son corps appliqua les enseignements inlassables de Chiun. Il était tombé dans une attaque de style « ruban écarlate » et contre laquelle il n'y a qu'une seule et unique tactique. Il fallait que les hommes postés en embuscade s'entretuent. Remo regagna donc le centre ; il était inutile de s'attaquer à chaque individu séparément. Ce qu'il fallait réussir, était un carnage généralisé.

Parvenu au centre, il pivota sur lui-même, évitant les balles à bout portant. Les autres, plus dangereuses, ne le préoccupaient guère, elles trouveraient bien d'autres cibles sur leur trajectoire.

Remo se mit à dérouler son « ruban écarlate » à une vitesse époustouflante gardant miraculeusement son équilibre. On aurait dit un éclair traversant le ciel. Les fusils se taisaient lorsque son corps disparaissait au milieu des hommes embusqués, et se remettaient à cracher dès que, par instants fugitifs, il réapparaissait. Les coups de feu devinrent hésitants, désordonnés. La cible n'était plus au centre mais se déplaçait à travers l'embuscade. Remo, insaisissable, passait par-dessus le comptoir de la réception d'un seul bond, franchit la rampe de l'escalier vers la triple rangée sur la gauche, serrant de près les hommes qui maintenant n'y comprenaient plus rien, totalement paniqués.

Il pénétra la troisième rangée, puis la seconde au centre, passa dans la première pour repartir vers la troisième ; menant un train d'enfer, dessinant une spirale diabolique.

Des balles firent éclater les lustres du hall qui se répandirent en une pluie de verres brisés. Des cris et des hurlements augmentèrent la panique générale.

Une femme de chambre qui sortait de l'ascenseur fut coupée en deux par une rafale de mitraillette. Sur le dernier tour de « ruban », Remo se chargea de l'assassin de la jeune femme. Il lui creva les yeux avec ses ongles, ne lui laissant que deux trous sanglants. Terminant sa spirale, il regagna à toute vitesse le centre, ramassa les deux enfants collés au canapé, exécuta un repli vers la salle à manger et ressortit derrière la troisième rangée qui ne le vit même pas grimper l'escalier. Il s'arrêta en haut des marches. Les deux gamins fixaient médusés la fusillade qui continuait comme prévu. Car au lieu de se comporter comme des professionnels, les délégués postés en embuscade appliquaient la consigne de rendre les coups de feu qu'ils recevaient. Ils défendaient leur vie les uns contre les autres. Le « ruban écarlate » avait tissé sa toile maudite de peur et de confusion à travers leurs positions. La boucherie ne s'arrêterait que faute de combattants. Remo n'avait plus qu'à attendre qu'il ne reste que quelques hommes pour les achever tranquillement.

La petite fille regardait la scène, hébétée. Le petit garçon, lui, souriait :

— Bang ! Bang ! disait-il. Bang ! Bang !

— Où sont vos parents ? leur demanda Remo.

— Dans leur chambre, au troisième étage. Ils nous ont dit de descendre jouer dans le hall.

— Remontez dans votre chambre.

— On n'a pas le droit de remonter avant 9 h 30, expliqua la gamine.

— Bang ! Bang ! continuait le gamin.

— Vous ne pouvez pas rester ici !

Des coups de feu claquaient sporadiquement. On entendait maintenant des hurlements des sirènes s'approcher.

— Vous venez avec nous ? insista la gosse.

— D'accord, je vous raccompagne.

— Vous expliquerez aux parents qu'on ne peut pas jouer dans le lobby ?

— C'est promis.

— Vous leur direz que c'est pas nous qui avons fait des bêtises en bas.

— D'accord.

— Et vous nous donnerez une pièce d'un dollar, demanda la petite fille.

— Pourquoi vous donnerais-je un dollar ?

— Parce que...

— Je vous donnerai une belle pièce de cinquante cents toute neuve.

— Je préfère une vieille pièce d'un dollar toute sale.

Remo raccompagna les gamins chez leurs parents.

Ce fut le père qui leur ouvrit la porte. Il avait le regard vague et le visage angoissé, l'expression type que donne l'alcool quand il a endommagé le cerveau. Le procédé de dépravation est peut-être agréable, mais le résultat plutôt laid.

— Qu'est-ce que vous avez encore fait ? demanda rudement le père à ses enfants.

— Ils n'ont rien fait, monsieur. Il y a un fou en bas qui s'est mis à tirer dans tous les sens et vos enfants ont failli se faire tuer.

— Je ne savais pas, s'excusa l'homme resserrant la ceinture de son peignoir en éponge. Ils vont bien ? Vous allez bien ?

— Oui. J'ai été légèrement touché. Vous savez, c'est toujours comme ça. Ce sont les passants innocents qui reçoivent les coups.

— C'est épouvantable ce qui se passe en Amérique de nos jours. Peut-on descendre maintenant ?

Remo tendit l'oreille, la fusillade s'était tue. Le hall devait être envahi par les flics car on n'entendait plus les sirènes.

— Oui, mais je vous conseille de vous recoucher car ce n'est pas beau à voir.

— Oui, merci. Allons, les enfants, entrez.

— Bang bang, dit le petit garçon.

— Tais-toi, répondit le père.

— Qu'est-ce qui se passe, chéri ? demanda une voix de femme.

— Des ennuis dans le hall.

— Cette fois-ci les enfants vous allez voir, ça ne se passera pas comme ça.

— Ce n'est pas leur faute, expliqua le père refermant la porte.

Remo monta les étages jusqu'à sa chambre. Il ne

saignait presque plus, le flot s'étant normalement coagulé. Il pénétra dans sa suite. Chiun dormait paisiblement recroquevillé par terre sur sa natte, tourné vers la fenêtre, dans la position du fœtus.

— Tu es blessé ? dit-il sans se retourner. Pas le moindre mouvement de son corps n'avait indiqué qu'il s'était réveillé. Quand il dormait, son esprit continuait à enregistrer les sons environnants. Ayant entendu Remo entrer, il s'était immédiatement réveillé, entraîné depuis l'enfance à sortir de son sommeil au moindre bruit sans que l'on s'en aperçoive. C'était un des petits trucs qui faisait de lui le Maître de Sinanju, maître suprême des arts martiaux, chef respecté de son petit village dont il assurait la survie en louant ses services.

— Ce n'est pas grave, répondit Remo.

— Toute blessure est sérieuse. Même un éternuement. Lave ta blessure et repose-toi.

— Oui, petit père.

— Comment ça s'est passé ?

— Pas très bien.

— Pas si mal que ça. J'ai ressenti les vibrations de coups de feu à travers le sol.

— Ah, c'était un trois, trois, trois, qui nécessitait l'application du « ruban écarlate ».

— Pourquoi es-tu blessé ?

— J'ai commencé le « ruban » trop tard.

— Jamais si peu ont reçu tant d'instructions pour un si modeste résultat. Je ferais aussi bien de donner des leçons à un mur.

— Bon d'accord, je suis blessé, n'insistons pas.

— Blessé. Une petite égratignure de rien du tout et tu en fais un drame. Nous avons des problèmes bien plus importants. Tu dois te reposer. Nous allons bientôt filer.

— Filer ?

— Connais-tu un autre mot pour exprimer un départ soudain et hâtif ?

— Je ne peux pas partir, Chiun, j'ai du travail à terminer.

— Ne me raconte pas de sottises alors que je suis en train d'essayer de me reposer.

— Que s'est-il passé lorsque vous êtes allé visiter l'immeuble, Chiun ?

— C'est justement à cause de ce qui s'est passé dans cet immeuble que nous devons fuir.

*
* *

Le docteur Harold Smith reçut le message à 10 h 12. La ligne téléphonique était activée douze minutes après l'heure et cela toutes les heures depuis six heures du matin jusqu'à dix-huit heures. Si Smith était absent de son bureau lorsque Remo téléphonait, un magnétophone enregistrerait son message. Il n'avait qu'à s'exprimer le plus possible en termes médicaux pour le cas où quelqu'un tomberait accidentellement sur la bande.

A 10 h 12 lorsque Smith décrocha le téléphone, il comprit dès les premiers mots qu'il faudrait appliquer la solution extrême.

— Mon autre idée a foiré, expliqua Remo.

— C'est bon, vous savez ce que vous devez faire ?

— Oui.

Et ce fut tout. La communication terminée, l'appareil raccroché signait l'arrêt de mort des quatre leaders des plus importants syndicats.

— Merde ! s'exclama Smith pour lui tout seul.

Si, dans le système américain, il est impossible d'engager des négociations collectives, c'est peut-être, tout simplement, que le système est mauvais. Dans ce cas, l'action, l'action de CURE, véritable patchwork, ne servait qu'à retarder l'échéance. Fallait-il admettre une bonne fois pour toutes que les entreprises d'une part et les syndicats de l'autre seraient à tout jamais dressés face à face, tels des ennemis géants, le pauvre public rebondissant comme une balle de ping-pong entre les deux. Etait-ce là la loi de l'économie ?

Smith savait bien que les syndicats ne faisaient qu'appliquer les méthodes que les entreprises utilisaient depuis toujours. Pourquoi n'en auraient-ils pas le droit ?

Il fit pivoter son fauteuil. Contemplant les eaux du détroit, il mit au point un nouveau plan qui, sans être voté par le Congrès ni le Sénat, sans paraître dans le Journal Officiel, sans être connu du public, n'en serait pas moins appliqué. Avec l'aide de l'Implacable, si nécessaire. A eux deux, ils parviendraient bien à empêcher que le pays ne sombre dans le chaos.

CHAPITRE XIV

Remo retira le pied-de-biche qu'il avait caché sous son matelas et le coinça dans sa ceinture de pantalon. Il enfila sa chemise et sa veste par-dessus. L'outil lui remontait dans le dos, il pouvait ainsi le maintenir entre ses omoplates. Quant à sa partie recourbée, elle s'arrêtait juste derrière ses bijoux de famille, épousant les contours de son corps. Une radio aurait révélé un homme assis sur une barre recourbée.

Remo savait qu'une bonne claque amicale dans le dos le ferait souffrir. D'uns démarche plutôt raide, il se dirigea vers la porte de la chambre.

— A bientôt.

— Tu retournes à l'immeuble ? demanda Chiun prudemment.

— Non.

— Bien. Quand tu rentreras, je t'expliquerai pourquoi nous devons filer. Si je n'étais pas ici pour surveiller un jeune irresponsable plein de fougue, il y a longtemps que je serais parti. Mais rassure-toi, c'est au fond sans importance, nous partirons plus tard, une fois que tu auras gaspillé ton énergie.

— Elle ne sera pas gaspillée, petit père.

— Elle le sera. Mais fais comme il te plaît, amuse-toi bien.

— Ce que je vais faire n'a rien de particulièrement rigolo, petit père.

— Mais ce n'est pas du vrai travail, Remo. Ce n'est pas du travail réfléchi et constructif.

— Je vais régler une affaire qui doit être réglée.

— Tu vas dépenser de l'énergie inutilement. Bonsoir.

Remo soupira puissamment pour exhaler sa frustration. Il était impossible de discuter avec Chiun. Malgré sa grande sagesse, il ne pouvait comprendre les dangers que représentait la fusion des syndicats de transporteurs.

*
* *

Le hall de l'hôtel était plein de policiers, journalistes, photographes, techniciens de la télévision et caméras. La plupart des ambulances étaient déjà reparties avec leur plein de chargement, généralement en direction de la morgue.

Rocco «Le Pig» transpirait abondamment sous les projecteurs de télévisions. Son bras gauche était pansé, probablement le résultat d'une balle d'un de ses compagnons.

— Ces fous nous tiraient dessus sans raison. C'était une attaque armée par des gangsters contre les travailleurs.

— Monsieur Pigarello, la police dit que tous les blessés sont des syndicalistes, interviewa le reporter télé, son micro devant « Le Pig ».

— C'est exact. Nous n'avions aucun moyen de nous défendre, ils étaient bien trente ou quarante avec des fusils.

— Merci, monsieur Pigarello, dit le journaliste et se tournant face aux caméras :

« C'était Rocco Pigarello, un des délégués au congrès national de l'International des Routiers ici à Chicago.

Un syndicat qui aujourd'hui a subi des pertes graves, à la suite d'un acte de violence inexplicable. »

Remo observait Pigarello qui sentit un regard peser sur lui et s'approcha immédiatement d'un inspecteur de police. Jetant un coup d'œil inquiet dans la direction de Remo qui lui sourit, il oublia sur-le-champ ce qu'il voulait dire à l'inspecteur. Quittant l'hôtel, Remo se trouva dans la rue avec son animation matinale. Il franchit sans difficulté le barrage de police. Des badauds appuyés aux barrières, debout sur la pointe des pieds, essayaient de voir ce qui se passait à l'intérieur.

Remo héla un taxi pour se rendre au Palais des Congrès. Le chauffeur lui raconta pendant tout le trajet les détails de l'horrible fusillade dans l'hôtel. Il était indigné parce que Chicago devenait de moins en moins sûr, et concluait que tout s'arrangerait si les Noirs foutaient le camp.

— Mais il n'y avait pas de Noirs dans le coup, protesta Remo.

— Ils n'étaient peut-être pas dans le coup cette fois-ci. Mais vous n'allez pas me dire que si tous les Noirs disparaissaient, l'indice de la criminalité ne baisserait pas !

— Il tomberait encore plus vite s'il n'y avait plus personne du tout !

Le Palais des Congrès était étrangement désert. Pas de gardien en uniforme pour vérifier les cartes des délégués à l'entrée ; ni de barman et de vendeur de glaces ; aucune agitation de dernière minute pour vérifier le bon fonctionnement des micros. Même pas d'ouvreuse pour placer le programme de la journée sur les sièges. Même les grilles étaient fermées. Après avoir essayé sans résultat trois entrées, Remo abandonna la recherche de quelqu'un pour lui ouvrir et franchit les grilles qui étaient censées retenir les foules. Ses pas retentirent dans les couloirs déserts. Les stands à l'intérieur avaient conservé l'odeur de bière de la veille. Un ouvrier, seul sur son échelle, changeait une ampoule. Remo resta suffisamment dans l'ombre pour que l'autre ne le reconnaisse pas, mais pas trop pour ne pas paraître suspect.

— Salut, lança-t-il, tout en avançant le plus normalement du monde.

— Salut, répondit l'ouvrier.

Il pressa le pas en direction de l'estrade. La banderole souhaitant la « Bienvenue aux délégués des conducteurs » pendait lamentablement sans le moindre frémissement. Remo se dit d'abord qu'une fois la salle remplie ça serait différent, puis il comprit que, même sans personne, cette gigantesque structure devrait être pleine de courants d'air. Peut-être était-ce parce que toutes les issues en étaient aujourd'hui fermées ? Remo étudia la poutre à cent cinquante mètres au-dessus de lui. Elle s'étirait à travers l'énorme dôme. Il retira le pied-de-biche toujours enveloppé de son pantalon. Un peu de sang coagulé s'était collé au papier, il vérifia qu'il n'y en avait pas sur l'instrument, pas question de compliquer les choses. La mise en scène toute simple : Abe « Pied-de-Biche » Bludner avait réussi, on ne sait comment, à desceller la poutre et avait été suffisament stupide pour oublier son instrument sur le lieu du crime. La police aurait désespérément besoin d'un suspect pour la mort des quatre présidents de syndicat et inculperait Bludner, sans trop réfléchir. La présence de sang les obligea à envisager une autre solution, ce qui n'était vraiment pas la peine. Remo ne serait bien sûr jamais impliqué mais Chiun aime bien *répéter* que seuls les fous et les enfants prennent des risques.

« C'est le comble de l'arrogance que de laisser entre les mains du hasard et de la bonne fortune tes chances de survie. Cette arrogance est toujours punie. »

Remo retira ses chaussures et enveloppa de nouveau le pied-de-biche. Il était immaculé. Bondissant sur une corniche, tenant dans sa main gauche la preuve contre Bludner, il grimpa le long du dôme transformant sa seconde main en un troisième pied. Soudain il entendit du bruit. Deux hommes avançaient dans sa direction. Il s'aplatit contre la paroi. La tête en bas n'est pas une position de tout confort, mais Remo, contrairement au commun des mortels, supportait la pression du sang dans le cerveau pendant au moins trois heures, tout en travaillant.

— Hé Johnny ! Un de tes copains a oublié ses chaussures.

— Les femmes de ménage auraient dû les ramasser. Elles en font de moins en moins, c'est incroyable ! Tu n'aurais jamais dû les embaucher.

— Qu'est-ce que ça veut dire ce « tu » ? On les a engagées tous les deux !

— Oui, mais c'est toi qui as recommandé l'agence de placement.

— Tu étais d'accord.

— Seulement parce que c'était sur ta recommandation. C'est d'ailleurs bien la dernière fois que je t'écoute.

Ils s'étaient arrêtés juste en dessous de Remo qui avait une bonne vue sur un crâne chauve et un autre avec un début de calvitie maladroitement dissimulée par des cheveux peignés en avant et enduits de gomina.

— J'ai aussi recommandé le syndicat des routiers. Tu veux rendre l'argent ?

— Ce n'est pas parce qu'une de tes suggestions réussit qu'on va te donner une médaille.

— Je demande simplement un peu de reconnaissance. Tu connais une autre organisation qui serait d'accord pour payer la location d'un endroit comme celui-ci, un jour où ils ne s'en servent pas ?

— Oui, tous ceux qui auront signé un contrat, sans prévoir, avant trois heures du matin, qu'ils n'en ont pas besoin pour le jour même.

— Ils pourraient refuser de payer le dernier versement. Ils pourraient essayer de négocier, non ? Les gens à qui je loue paient sans discuter.

— Quand tu as eu ces clients à la dernière minute, c'est moi qui t'ai conseillé d'y aller, de pas hésiter. Et c'est moi qui ai dû rompre le contrat de la foire du cheval avec deux misérables mois de préavis.

— Parce que c'était les camionneurs ! Pour eux je casserais même un contrat avec Dieu.

— Tu es capable de tout pour gagner cinq centimes de plus. Même si Dieu te tombait dessus maintenant ça t'empêcherait pas de rompre ton contrat avec lui pour cinq centimes.

Remo décida qu'il était temps de récupérer ses chaussures. Les conducteurs ne se réunissant pas aujourd'hui, il était inutile de faire inculper Bludner pour l'assassinat d'une équipe de basket, d'une famille de saltimbanques ou d'autres innocents qui auraient la malchance de se trouver là quand la poutre s'écraserait au sol, descellée par les vibrations. Remo se laissa donc tomber, évitant de justesse la tête à la gomina.

— Mes chaussures s'il vous plaît, demanda-t-il d'un air indigné.

Il les arracha de la main de l'homme complètement abasourdi et lui tendit l'instrument enveloppé à la place.

— Votre pied-de-biche, vous ne devriez pas le laisser traîner. On pourrait se prendre les pieds dedans et se casser la figure.

Sur ce, il leur tourna le dos et s'éloigna d'un pas rapide vers la première sortie. Il avait gaspillé son énergie comme Chiun le lui avait prédit. Il n'avait plus besoin du pied-de-biche, devenu aussi inutile que la ligne Maginot. De toute façon, quand on va mourir, on n'a pas besoin d'un pied-de-biche.

*
* *

Gene Jethro écoutait les explications du Pig pendant que Sigmund Negronski lui changeait le pansement. Pigarello transpirait à grosses gouttes malgré l'air conditionné. Ils étaient tous les trois au sous-sol du nouvel immeuble.

— J'avais tout bien préparé comme vous me l'aviez indiqué. On était vingt-sept en tout. J'étais dans la troisième rangée, au centre. La première rangée était dans le hall comme prévu. Les chambres autour du hall et de l'escalier servaient d'abri pour la première ligne et une partie de la seconde. Quant à la troisième, je l'ai mise en place moi-même, puisque j'étais dedans. J'ai fait bien attention. J'avais même mis un type derrière le bureau de la réception. Tout le monde était à sa place, son arme camouflée, et sachant pertinemment ce qu'il devait faire. Le premier front était dans la salle à manger, la réception au centre et...

— Abrège ! s'impatienta Jethro.

Negronski acheva le bandage et leva les yeux sur Jethro. Il remarqua que son président n'avait plus son large sourire de confiance en soi. Son visage n'exprimait plus la joie de manipuler les hommes, il avait soudain vieilli. Ses traits étaient tirés, il tripotait nerveusement un mouchoir. Il ne s'était même pas changé depuis hier. Negronski en tira une certaine joie mais aussi de la pitié. Il ne souhaitait au fond qu'une chose : qu'ils puissent retourner à Nashville, s'attaquer à nouveau à de vrais hommes, à de vrais problèmes de pensions et de licenciements. Il aimerait aussi un petit procès, ça lui ferait du bien car c'était son rayon.

— Bon, reprit le Pig, j'ai mis Connors près de la porte dans la première ligne à droite. Il devait tirer le premier coup. C'est un excellent tireur, il chasse beaucoup, et puis vous connaissez sa réputation.

— Allez, dépêche-toi, fit Jethro.

— Connors a raté. Il est à un mètre du type, et il le loupe. C'est la première fois de sa vie. Ce Remo a une manière de se déplacer qu'on peut pas le toucher. Ce fut la fin de Connors.

— Nom d'un chien, Pig, grouille !

— Il repart en direction de la troisième ligne sur la droite et il a déjà pratiquement traversé la seconde. Il se déplace vite, très vite. Vous croyez savoir ce que c'est la vitesse, vous trouvez que Guy Drut est un rapide ? Vous n'y êtes pas du tout ! Il a une jambe de bois comparé à de gars-là ! Quant à Mohammed Ali, il marche sur ses talons.

— Et après !

— Oui, oui, je suis en train de te raconter ce qui a foiré.

— Tu es en train de m'expliquer pourquoi tu n'es pas responsable de ce qui a foiré, et non pas ce qui a foiré !

— J'ai fait ce que tu m'as dit.

— D'accord, je te crois. Allez, raconte.

— Bon, subitement, il a démarré, mais vraiment démarré ! Par moments on ne le voyait plus du tout tellement il se déplaçait vite ! Alors on a essayé de le descendre par tous les moyens, si bien qu'on a fini par se tirer dessus, et on l'a même pas vu disparaître.

— C'est bien ce que je pensais.

— C'était vraiment pas notre faute, Jethro. Sincèrement.

Jethro faisait la gueule. Il leur tourna le dos, tordit son mouchoir dans tous les sens puis le jeta dans la corbeille à papiers.

— Tu vas m'attendre ici, Pig.

— Tu n'as quand même pas l'intention de me supprimer ?

— Non non. Je ne pense pas.

— Qu'est-ce que tu veux dire : tu ne penses pas ? Qu'est-ce que ça veut dire : je ne pense pas !

— Ça, mon petit, c'est justement le problème.

— Tu ne vas pas me tuer, espèce d'ordure ! lança le Pig s'emparant d'une chaise. Ça va être ta fête. J'ai bien vu ce qui est arrivé à McCulloch dans ton bureau spécial. Mais ici il y a pas de bureau.

Pigarello avança sur Jethro. Negronski s'approcha essayant de lui arracher la chaise. Le Pig le repoussa violemment :

— Ne t'en mêle pas, Siggy. C'est une affaire entre Jethro et moi.

Il avançait comme un bulldozer, la lourde chaise en bois au-dessus de la tête comme si elle était une boîte d'allumettes. Negronski vit la chaise s'approcher dangereusement de la tête de Jethro qui se tenait d'une drôle de façon. On aurait dit un vieillard avec des douleurs dans la colonne vertébrale. Rien à voir avec la façon dont il se battait autrefois avec Siggy dans les bars de Nashville. Ses pieds étaient en dedans et ses mains tendues en avant mollement recourbées. Son visage détendu n'affichait aucune haine. Il était impassible comme si on lui débitait une colonne de chiffres sans intérêt.

Le Pig rabattit la chaise de toutes ses forces mais Jethro n'était déjà plus là. En revanche sa main frappa Pigarello à l'estomac avec une vitesse inouïe. La chaise tomba inoffensive derrière lui et le Pig resta hébété la bouche ouverte, les yeux exorbités, les bras tombant le long du corps comme s'il assistait à une réunion de fantômes.

Jethro lui assena ce qui ne parut être qu'une tape du bout des doigts sur le crâne. Ce fut comme s'il avait ouvert un robinet de sang. Le Pig se mit à tournoyer comme une toupie, puis s'effondra le visage contre terre.

Crack ! Negronski eut un frisson quand il entendit le crâne heurter le sol.

— J'étais obligé, Siggy, expliqua Jethro.

— Tu veux que j'appelle un médecin ? demanda Negronski d'une voix éteinte.

— Ce n'est pas la peine, il est mort.

— Je crois bien qu'il faut le transporter dans ton bureau.

— Oui.

— Au point où on en est on aurait dû faire installer un tapis roulant.

— Que veux-tu dire ?

— Tu m'as très bien compris. Le Pig ne sera pas le dernier. Chaque semaine cette pièce recevra son chargement, ça ne s'arrêtera plus, Gene.

— Ce n'est pas vrai, ça va s'arrêter. Dès qu'on aura conclu les derniers accords pour contrôler tous les moyens de transports du pays, on aura plus besoin de continuer. Tout s'arrangera, ce sera merveilleux, Siggy, tu verras, merveilleux.

— Il y en aura encore et encore, murmura Negrorski en rajustant le pansement de Pigarello. Puis reprit :

— Ça devait déjà être merveilleux une fois qu'on aurait terminé la construction de l'immeuble, puis ce fut quand tu serais élu président du syndicat. Et tout ce qu'il y a eu, c'est encore des massacres. Ça ne finira jamais, Gene. Arrêtons et rentrons à la maison. Maintenant, je préférerais encore faire de la prison. On a qu'à aller voir les flics et tout leur raconter. La peine de mort a été abolie et de toute façon on n'aurait pas été condamnés à la chaise électrique pour ça, surtout si on se met à table. On risque de passer la plus grande partie des années à venir derrière des barreaux, mais au moins on sera en vie, et non plus en train de courir après ce mec-ci ou ce type-là, à cause de ceci ou de cela.

Qu'en penses-tu, Gene? Allez, viens, on laisse tomber.

— On peut pas, Siggy, aide-moi à transporter le corps.

— C'était Pigarello. Ce n'est pas juste un corps.

— C'est un corps, Siggy, et rien de plus. Dis-toi bien que ou c'est le nôtre ou c'est le sien. Alors que choisis-tu ?

— Personne, Gene. J'arrête.

Sur ce, Sigmund Negronski se redressa de toute sa taille et solidement campé sur ses pieds fixa le nouveau président du syndicat des routiers droit dans les yeux :

— C'est terminé pour moi. Gene. Fini. Peut-être ne peux-tu plus t'arrêter. Moi, oui. Je me tire. J'en ai soupé au point où je ne chasserais même pas un corbeau s'il me picorait le crâne, je m'enfuirais. Je t'ai aidé, je t'ai laissé ma place, maintenant j'en ai assez. Je ne dirai rien à la police car je sais que tu me descendrais, Gene. Je tiens tellement à voir la journée suivante que je peux déjà en respirer l'air. Pas celui d'ici mais celui de Nashville. Je veux me réveiller avec à mes côtés ma femme pleine de rouleaux et de crème grasse m'engueulant pour que j'aille faire du café. Je veux compter mes sous pour savoir si je pourrais rembourser mon hypothèque et non compter les corps. Je veux vivre. Tu peux prendre ce syndicat et te le garder précieusement. Salut. Je retourne conduire un camion, c'est une chose que je fais bien.

— Siggy, avant de t'en aller, aide-moi, demanda Jethro d'une voix glaciale comme un lac gelé.

— Non, répondit Negronski.

— Jusqu'au bureau, après tu pourras partir, insista Jethro en souriant de son fameux sourire qui dissipe les soucis, rassure et autrefois rendait le travail agréable avec lui.

— D'accord, mais seulement jusqu'à la pièce.

Lorsque Gene Jethro quitta son bureau une heure plus tard, il laissa deux énormes sacs poubelle en plastique devant sa porte avec un mot pour le concierge lui demandant de les faire brûler dans la chaudière. Il repartit seul.

CHAPITRE XV

— Raté, petit père.

Remo annonça la mauvaise nouvelle à Chiun sur un ton sinistre, l'interrompant malgré le feuilleton, où une mère de famille racontait ses problèmes à son psychiatre.

Remo savait que Chiun l'avait entendu entrer. Il passa derrière lui pour aller se changer. Enlevant son pantalon, il vit Chiun faire quelque chose qu'il n'avait jamais fait auparavant : arrêter la télévision de son plein gré.

Pivotant sur lui-même, sans quitter sa position de lotus, Chiun fit signe à Remo de venir à côté de lui. Depuis des temps immémoriaux, les maîtres coréens avaient, de cette manière, fait comprendre à leurs élèves qu'ils devaient s'apprêter à entendre une révélation de grande importance.

Remo s'assit en face de lui, les jambes croisées sous lui dans une position que Chiun lui avait enseignée il y a de nombreuses années et qu'au début il ne pouvait garder que quelques secondes avant de ressentir des douleurs intolérables. Maintenant il était capable de dormir dans cette position, le dos bien droit, pour se réveiller en pleine forme.

Il plongea son regard dans les yeux pleins de sagesse

de l'homme qu'il avait tout d'abord haï et craint puis respecté et finalement aimé comme un père.

— Tu connais l'histoire de Sinanju, mon village natal, de notre pauvreté, de nos enfants mal nourris et qu'en période de grande famine nous devions rendre à la rivière pour qu'elle les ramène au sein de la mer. Tout ça, je te l'ai déjà raconté. Tu sais également que nos fils doivent, grâce à leur enseignement des arts martiaux, faire vivre le village, que tous mes gains vont à Sinanju ! Je t'ai expliqué combien notre terre est pauvre et que notre seule ressource réside dans la force de nos fils.

Remo acquiesça respectueusement d'un signe de la tête.

— Tout ça, tu le sais déjà. Mais je ne t'ai pas tout raconté. Car si je suis le Maître de Sinanju, qui est mon élève ?

— Moi, petit père, je suis votre élève.

— J'étais Maître de Sinanju bien avant que tu naisses.

— Il y a donc quelqu'un d'autre ?

— Oui, Remo. En approchant de cet immeuble dans lequel tu n'as pas pu pénétrer, j'ai deviné qu'il avait été construit pour empêcher les nôtres d'entrer.

Quand j'ai lu le nom de la rue, j'ai su qui l'avait fait construire. Cet immeuble cache un grand danger.

— Un danger pour moi, petit père ?

— Tout particulièrement pour toi. Pourquoi suis-je toujours capable de te battre malgré mon grand âge et ton agressivité ?

— Parce que vous êtes le meilleur, petit père.

— A part cette raison évidente ?

— Je ne sais pas. Probablement parce que vous me connaissez mieux que quiconque.

— Exact. Je t'ai appris tous les mouvements que tu pratiques. Je sais par conséquent ce que tu feras. C'est comme si je me battais contre moi-même. Bien avant toi, je sais comment tu vas réagir. Il y a quelqu'un d'autre, qui, lui aussi, sait d'avance ce que tu vas faire. J'ai été son maître. Il s'entraîne depuis l'enfance. J'ai vu son nom sur la plaque de la rue de l'immeuble. C'est tout ce dont j'avais besoin de savoir. L'adversaire que tu as en face de toi a trahi l'appel de son village. Il s'appelle Nuihc.

— J'ai déjà entendu ce nom.

— Si tu inverses l'ordre des lettres tu verras que son nom est le mien, à l'envers.

— Il a inversé son nom ?

— Non, c'est moi qui l'ai fait. Cet homme est le fils de mon frère. Il quitta le village, monnaya l'art qu'il y avait appris, et n'envoya pas de quoi nourrir les villageois, me couvrant de honte, moi, un maître. J'ai donc inversé mon nom et suis parti à l'étranger louer mes services, abandonnant mon enseignement. Après moi, il n'y aura plus de Maître de Sinanju. Après moi, il n'y aura personne pour faire vivre le village. Après moi, c'est la famine.

— Je suis désolé d'apprendre cela, petit père.

— Ne sois pas désolé, car j'ai trouvé un élève. J'ai trouvé le nouveau Maître de Sinanju, celui qui prendra ma place le jour où je rejoindrai mes ancêtres dans le sein de la mer qui sépare la Chine de la Corée au-dessus de laquelle se dresse Sinanju.

— C'est un grand honneur, petit père.

— Tu en seras digne si tu empêches ton arrogance, ta paresse et tes habitudes impures de détruire la beauté des connaissances que j'ai fait naître et nourries en toi.

— La réussite est toujours pour toi et les échecs toujours pour moi, petit père. Ne fais-je jamais rien de bien ?

— Quand tu auras un élève, tu feras tout bien, répondit Chiun avec un sourire à peine perceptible.

— Par rapport à ce Nuihc, qu'est-ce que je vaux ?

Chiun leva la main et laissant entre son pouce et l'index l'espace d'un cheveu :

— Tu es à ça.

— Chouette, je suis donc dans le coup.

Chiun secoua la tête.

— Une fraction de seconde c'est déjà trop dans une lutte à mort.

— Je peux essayer.

Chiun écarta les mains à quinze centimètres l'une de l'autre.

— Dans cinq ans, mon fils, tu seras ça de mieux que lui. Tu dois être une aberration de la race blanche. Mais c'est la vérité, dans cinq ans je te lâche contre le fils de mon frère et nous ramènerons son kimono à Sinanju en triomphe. Dans cinq ans tu n'auras pas ton pareil, tu auras même dépassé les meilleurs de mes ancêtres. C'est écrit et c'est en train d'arriver.

La voix de Chiun était pleine d'orgueil, mais, pour éviter que son élève ne se complaise dans la vanité qui était une de ses faiblesses, il ajouta :

— J'ai donc fait un chef-d'œuvre de rien du tout.

— Petit père, mon pays ne peut pas attendre cinq ans. C'est demain la date limite.

— C'est un grand pays. Ce n'est pas grave si aujourd'hui il se fait escroquer par une bande plutôt que par une autre. Demain ça changera de nouveau, et ce sera toujours un pays bien gras et riche. Qu'est-ce que ton pays pour toi ? Il t'a fait exécuter, il t'a forcé dans une voie que tu n'as pas choisie. Il t'a injustement fait accuser de meurtre.

— L'Amérique est mon Sinanju à moi, petit père.

Chiun s'inclina gravement.

— Je comprends ça. Mais si mon village m'avait fait autant de tort que t'a fait ton pays, je ne serais plus son maître.

— Une mère ne peut pas faire de tort à son fils...

— C'est faux, Remo.

— Laissez-moi terminer. Une mère ne peut pas nuire à son fils au point qu'il ne le sauvera pas en cas de danger. Si vous êtes le père que je n'ai jamais eu, cette nation est la mère que je n'ai jamais eue.

— Dans cinq ans, tu offriras en cadeau à ta mère le kimono de Nuihc.

— Elle doit l'avoir maintenant. Venez avec moi, ensemble, nous vaincrons Nuihc.

— Hélas, aujourd'hui nous ne ferions que nous exposer au danger. S'il nous arrivait de franchir ses lignes, ne serait-ce qu'une fraction de seconde, nous serions morts tous les deux. Personne n'a reçu un enseignement comme celui que je t'ai donné et ta réussite est proche. Tu n'es pas un soldat de plomb qui doit partir à la mort quand on vient sonner la charge. Tu es ce que tu es, quelqu'un qui ne va pas vers la mort bêtement. Aucun entraînement, aucun don, aucune énergie et aucune force ne peuvent l'emporter sur l'esprit d'un fou. Ne sois pas un fou. C'est un ordre.

— Je ne peux pas obéir, petit père.

Chiun se retourna vers la télévision, l'alluma et demeura silencieux.

Remo finit de revêtir une tenue confortable. La croûte qui s'était formée sur sa blessure le démangeait. Il n'y prêta pas attention. Avant de refermer la porte de leur suite, Remo fit ses adieux au Maître de Sinanju.

— Merci, petit père, pour tout ce que vous m'avez donné.

Sans le regarder Chiun lui répondit :

— Tu as une chance. Il se peut qu'il ne conçoive pas qu'un homme blanc puisse faire ce que tu fais.

Si j'ai une chance, pourquoi êtes-vous pessimiste ?

— La chance est pour les jeux de cartes et des dés.

Pas pour nous. Mon enseignement a été pour toi comme le parfum d'une rose dans le vent du nord.

— Me souhaiterez-vous bonne chance ?

— Tu n'as rien compris, répliqua Chiun, et il se replongea dans son silence.

CHAPITRE XVI

Les voitures arrêtées s'étendaient sur des kilomètres. Tout Nuihc Street était bloquée. Remo descendit de son taxi, régla sa course, et entreprit de remonter la file d'automobiles. Les conducteurs klaxonnaient frénétiquement. Ils étaient furieux d'avoir appris au dernier moment l'existence d'un nouvel immeuble d'une part, et que la dernière journée s'y déroulerait d'autre part.

Quand plusieurs d'entre eux firent remarquer qu'ils avaient déjà un édifice à Washington et nullement besoin d'un second à Chicago, on leur répondit que Washington resterait uniquement le siège des routiers. Ils ne comprirent rien à cette explication, et ne se trouvèrent guère plus avancés.

Leur nouveau président était décidément de plus en plus mystérieux.

Arrivé à l'entrée, Remo coupa la longue queue devant le contrôle. Il se fit copieusement injurier, quoique certains reconnurent leur nouveau secrétaire général.

Le gardien à l'entrée avait un pansement. Remo vit tout de suite qu'il s'agissait de celui qui avait pris son haddock le soir où il avait tenté de pénétrer dans l'immeuble.

Sans montrer le moindre signe d'intérêt, le garde vérifia sa carte de délégué :

— Ah, c'est vous, Jethro veut vous voir. Il est à l'intérieur.

Remo aperçut Jethro dans le grand hall. Une draperie cachait quelque chose, probablement l'insigne des routiers ou celui du super-syndicat. Jethro accueillait les délégués avec les formules d'usage : « Comment allez-vous », « content-de-vous-voir ».

Remo s'approcha à un centimètre de lui et vit une lueur de peur dans les yeux bleus. Avec un sourire forcé, Jethro prononça :

— Commentallez-vousmonvieux ? Contentdevousvoir.

— Content d'être là, Gene. C'est un grand jour, répondit le secrétaire général. Ils se donnèrent plusieurs fois l'accolade devant les délégués, témoins de la grande solidarité syndicale.

— Descendons, j'ai à vous parler d'un problème.

— Excellente idée, approuva Remo.

Pratiquement main dans la main, les deux leaders syndicaux se frayèrent un chemin jusqu'aux ascenseurs. Ils s'y engouffrèrent sourire aux lèvres, tout en bavardant le plus aimablement du monde. Les portes fermées, Jethro composa la combinaison, et siffla entre ses dents :

— Espèce de sale menteur ! Vous aviez dit que vous vous joigniez à nous.

— Ça vous fait vraiment de la peine que je vous aie menti, dit Remo. Vous êtes donc tombé de la dernière pluie ?

— Pour qui travaillez-vous ? demanda Jethro.

— En tous les cas, pas pour Nuihc. Où est ce charmant monsieur ?

— Ça ne vous regarde pas.

— Aurai-je l'honneur de faire sa connaissance ?

— Bien sûr, répondit Jethro avec un sourire glacial.

Remo se mit à fredonner. Il fredonnait encore lorsqu'ils arrivèrent au sous-sol, lorsqu'ils passèrent devant l'inscription gigantesque du super-syndicat. Il continuait pendant que Jethro, à l'aide d'une autre combinaison, lui ouvrit la porte d'une pièce qui semblait être le lieu d'aboutissement de tout un réseau de plomberie. Quand la porte claqua derrière lui, imperturbable, il chantonnait toujours (1).

Jethro alla s'asseoir derrière son bureau métallique. Remo remarqua les bouches d'arrivée au plafond, comme des douches.

Jethro glissa une main sous son bureau :

— Il y a un bouton là-dessous. Si j'appuie, une substance va se libérer qui vous fera douloureusement mourir. Je peux également vous achever de mes propres mains.

Remo n'aurait pas dû, car c'était hautement non professionnel, mais il ne put s'en empêcher, il éclata de rire.

— Pardon, dit-il, je pensais à une plaisanterie.

— Comme vous voulez. J'arrêterai l'opération une fois qu'elle sera bien douloureuse. Vous me supplierez alors de vous laisser parler.

— D'accord, répondit Remo se retenant difficilement. Je vous supplierai, c'est promis. Mais ce fut en vain, il repartit d'un rire sonore et s'en donna à cœur joie.

Il ne s'arrêta que lorsqu'une pluie fine tomba du plafond. Jethro ayant enfilé un masque, il comprit qu'il devenait dangereux de respirer. Remo sut qu'il lui suffisait de laisser le poison pénétrer et se répandre dans l'organisme pour qu'il se dissolve peu à peu. Mais c'était une ancienne méthode que les Maîtres de Sinanju avaient abandonnée au douzième siècle quand l'un d'eux découvrit par hasard un remède beaucoup plus simple : il suffisait de ne pas respirer.

Remo regarda Jethro qui le fixait sardoniquement à travers les trous de son masque, et comprit immédiatement qu'il y avait un danger : le rire. Il détourna son

(1) Pour une étude des liens entre l'action meurtrière et le fredonnement, consulter l'Implacable n° 6 « Conditionné à mort ».

regard et essaya de penser à quelque chose de triste. Il ne trouvait rien. Puis, il eut un éclair de génie : Smith, et il se mit à passer en revue tous les désagréments qu'il avait connus au cours de son existence. Il n'avait plus envie de rire.

Au bout d'un moment le brouillard se dissipa aspiré par un système d'aération. Jethro arracha son masque à oxygène avec un air de triomphe.

— Crevez ! hurla-t-il presque. Crevez en souffrant, car vous ne pouvez plus bouger, ni vos mains ni votre bouche, ni vos yeux. Vous m'entendez déjà à peine, avant, je veux que vous sachiez que vous allez vous dissoudre et vous transformer en une flaque. Une flaque qui disparaîtra dans les égouts.

C'était plus que Remo ne pouvait supporter, plus que les tristes pensées sur Smith et sa vie ne pouvaient combattre.

— Ah ! Ah ! Ah ! explosa-t-il se tenant les côtes, éclatant d'un fou rire puissant qui l'obligea même à se rattraper au mur, car il perdait l'équilibre.

La surprise qu'il lisait sur le visage de Jethro ne fit qu'augmenter son hilarité. Les différentes expressions qui défilaient sur le visage de son adversaire étaient une véritable source de joie. Il n'en pouvait plus. Pourquoi Jethro persistait-il à faire toutes ces grimaces qui le faisaient hurler de rire ?

— Désolé, se reprit-il, je suis vraiment désolé de me moquer de vous comme ça. Où est Nuihc ?

— Hein ? réagit Jethro.

— Nuihc ? répéta Remo.

— Première porte sur votre droite. Frappez trois fois avant d'entrer, fit Jethro distraitement.

Il resta la bouche ouverte, la sueur perlait sur son visage. Subitement il fut submergé par une vague de colère et se mit en posture de combat. Remo fit le tour du bureau et vérifia la position de ses pieds.

— Trop à l'intérieur, lui dit-il. Erreur de débutant.

— Approchez, on en reparlera.

Remo passa son bras sous le bureau, à la recherche de la manette de commande des gaz. Jethro essaya de lui administrer une manchette sur le poignet mais Remo le prit de court et lui détacha la main du bras d'un coup sec. Constatant que le nuage de poison sortait toujours par les ouvertures au plafond, Remo arracha le tuyau du masque relié à une bouteille d'oxygène. Il prit un grand sac poubelle en plastique dans une pile sur une étagère. Apparemment, le poison n'avait aucun effet sur le plastique. Il glissa le sac sous Jethro qu'il assit sur le bureau, et le lui remonta, comme s'il lui enfilait un pantalon. Pendant tout ce temps, Jethro se cramponnait à son moignon, les yeux exorbités de terreur, le visage congestionné par ses efforts désespérés pour ne pas respirer. Remo saisit un fil de fer recouvert de plastique coloré du genre qui sert à fermer les sacs poubelle quand ils sont pleins. Il l'appuya sur le ventre de Jethro pour l'aider à respirer. Ce fut très efficace. Jethro expira puis inhala profondément.

— Faites bien attention de ne pas perdre le fil de fer, car sans lui le sac risquerait de s'ouvrir.

Sur ces paroles, il sortit de la pièce, refermant soigneusement la porte derrière lui. Il respira à fond le bon air frais du sous-sol. Ce n'était pas ce qu'il y avait de mieux au monde, mais au moins ça ne risquait pas de le tuer.

Il repéra la première porte sur sa droite. Il savait qu'il avait deux atouts en main. Le premier auquel Chiun avait fait allusion lors de leur conversation était que probablement Nuihc ne s'attendait pas à avoir en face de lui un adversaire blanc aussi expert dans son propre art. Mais le second, Remo n'avait jamais osé en parler à Chiun, était un ennemi puissant, une tare dangereuse, un défaut commun au maître et à l'élève : l'excessive confiance en soi.

Remo frappa trois fois.

— Entrez, Remo, lui répondit la voix.

Il entra et se retrouva dans un jardin où il aperçut immédiatement à côté d'un bassin la silhouette de Nuihc. Le même visage que Chiun en plus jeune.

— Je suis là près du bassin, reprit la voix.

— Je ne vous vois pas. Ah, oui, vous voilà.

— Vous m'avez d'ailleurs vu dès que vous avez ouvert la porte. Lorsqu'on sait dérouler un « ruban écarlate », on peut repérer un homme tranquillement assis.

Remo referma la porte derrière lui.

— Venez vous asseoir, à côté de moi.

Remo ne bougea pas. Il pourrait mieux analyser l'attaque de Nuihc à distance. Nuihc sourit.

— Très intelligent. J'aime ça. Avez-vous tué Jethro ? Bien sûr, sinon vous ne seriez pas ici. Vous me trouvez peut-être bien léger de vous avoir laissé savoir que je savais que vous m'aviez vu. Car, comme nous l'a appris notre maître commun, on ne doit jamais rien donner. Mais je vous ai donné cette indication car je voulais quelque chose en retour. Chiun a certainement fait un travail remarquable.

Remo sentit une note de condescendance dans la voix de son interlocuteur qui venait de lui donner une indication de trop.

— Oui, répondit Remo, je me débrouille pas mal.

Peut-être Nuihc mordrait-il à l'hameçon, prenant l'orgueil pour un signe de faiblesse et de stupidité.

— Allons, allons, Remo, ne nous amusons pas à de telles bêtises. Parlons plutôt de ce que vous êtes et de ce que vous voulez.

— Je désire vous tuer.

— N'essayez pas de me provoquer d'une façon aussi grossière. Nous n'avons pas le temps. Je vous ai vu à la télévision l'autre jour. Vous étiez très bien, vous avez prononcé un bon discours et vous aviez l'air d'aimer ça.

Vous avez fait de très jolies chansons. Chiun vous a expliqué ce que nous entendons par chanson, je présume ?

— Oui.

— Nous avons maintenant besoin d'un nouveau président pour le syndicat des routiers et pour le super-syndicat des transporteurs qui va être formé. Je suppose que vous êtes là pour nous en empêcher. Mais bien sûr, voyons. Sachez que cette présidence ne sera que votre premier pas vers la puissance. Venez avec moi et tous les hommes seront à vos pieds. Tous écouteront votre voix et vous acclameront. Votre nom sera connu à travers le monde. Allez, venez avec moi.

— Mais je serais alors forcé de laisser tomber les gens pour qui je travaille. Cela m'est difficile, je suis très sérieusement engagé avec eux.

— Vraiment ? Je ne sais pas pour qui vous travaillez mais je me demande bien ce qu'ils ont pu faire pour vous. Dites-moi honnêtement qu'est-ce qu'ils ont fait ?

— J'ai tout ce que je désire, quand je le désire.

— Vraiment ? Peut-être pourrais-je faire mieux. Avez-vous sincèrement tout ce que vous souhaitez ?

— C'est-à-dire que j'ai pratiquement tout l'argent que je veux.

— Et qu'en faites-vous ?

— Euh... J'achète des vêtements, de la nourriture, quoique vous devez connaître mon régime.

— Vous avez les mêmes contraintes alimentaires si vous me suivez.

— Aussi, je n'ai pas de problème de loyer.

— Hum, je suppose que vous avez plusieurs palais.

— Ce n'est pas vraiment ça. Voyez-vous, j'habite surtout dans des hôtels, ici et là.

— Ah, je vois. Ils vous tiennent, car ils ont fait de vous un instrument.

— Non, non, pas du tout, je suis libre de faire pratiquement ce que je veux.

— Et que faites-vous ? Les démonstrations de prouesses physiques ne doivent pas vous intéresser, il n'y a pas de vraie concurrence.

— La plupart du temps je m'entraîne.

— Un bon instrument en a besoin. Qu'aimeriez-vous vraiment, Remo ? Soyez honnête. Je vous dirai en retour tout ce que vous voudrez savoir sur moi. Je vous raconterai comment j'ai trompé mon village. Je vous dirai même ce qui me rend malheureux et ce qui me rend heureux. Allons, ayez confiance, nous sommes diplômés de la même école.

— D'accord, Nuihc. Je veux une maison, je veux dire un foyer avec une famille. Plus d'aventures d'un soir où il s'agit souvent plus de travail que d'amour. J'aimerais sauter une femme, juste une fois pour le plaisir et non pour apprendre ce qu'elle sait. J'aimerais engueuler un gosse, le mien, et lui apprendre à ne pas avoir peur.

— Le président du nouveau syndicat des transporteurs devra avoir femme et enfant.

— Oui, et dans un an je serai mort.

— Avec nous deux travaillant ensemble ?

— Je ne veux pas avoir à tuer Chiun.

— Il nous laisserait tranquilles.

Remo attendit un instant fixant le sol.

— C'est bon, dit-il finalement, pour une fois je vais penser à moi et faire ce qui me plaît.

Il avança vers Nuihc la main tendue en signe de paix. Ce dernier répondit à son geste avec un sourire franc :

— Le plus grand syndicat c'est vous et moi.

Leurs mains se rencontrèrent. Celle de Remo, continuant sur sa lancée, traversa le tissu coûteux du costume et fractura l'épaule. Remo eut le sentiment exaltant d'un début de victoire.

Il avait presque remporté le combat. Avec panache il

avait gagné contre Nuihc. Il se prépara à l'attaque décisive, sans prendre la précaution d'achever le travail sur l'épaule de son adversaire. Avec une vitesse et une précision incroyables, il projeta son coude dans la poitrine de Nuihc. Mais la poitrine avait disparu. Remo avait gagné la première manche grâce à la confiance que son adversaire avait eue en lui. Maintenant, il allait mourir, parce que lui aussi avait eu trop confiance en lui. Son coude, qui ne rencontra pas d'obstacle pour l'arrêter, entraîna Remo en avant et le déséquilibra.

Une douleur violente lui déchira les côtes et lui remonta jusqu'à l'épaule. Il tomba en avant sur le petit sentier dallé, incapable de bouger. Il n'était pas mort, mais paralysé, sa bouche s'emplit d'un liquide chaud : du sang qu'il vit s'écouler sur les dalles, formant un petit ruisseau pour tomber dans le bassin, troublant l'eau bleue limpide.

— Imbécile ! dit Nuihc, imbécile. Pourquoi êtes-vous si stupide ? Vous étiez magnifique. Votre attaque excellente. Dans dix ans vous auriez pu me tuer. Mais vous n'êtes qu'un imbécile. Ensemble, nous aurions pu diriger le monde. Ensemble, tout aurait pu vous appartenir. Mais vous avez choisi de m'éliminer et vous vous y êtes pris comme un imbécile.

Remo essaya de voir Nuihc lui administrer le coup de grâce qui ne devait tarder. Mais il ne put tourner la tête. Il fixa les formations nuageuses, où son sang, sa vie se mélangeaient à l'eau claire.

Soudain une voix retentit, une voix que Remo connaissait bien.

— Tu parles d'imbécile, Nuihc. Tu en es le roi. Comment as-tu pu croire que mon élève pourrait déserter son village, comme toi tu l'as fait ? Comment as-tu pu penser que le Maître de Sinanju laisserait tomber son élève, comme toi, notre village de Sinanju, béni soit-il.

Chiun s'exprimait sur un ton de grande colère.

— Maître, il ne s'agit que d'un homme blanc. Vous ne me feriez pas de mal pour un homme blanc, moi un fils de Sinanju ?

— Pour cet homme blanc, comme tu dis, je louerais le centre de la terre pour le remplir du sang d'individus comme toi. Fais attention. Sache que si cet homme est mort, je t'arracherai les oreilles et te les ferai manger, sac d'excréments !

— Vous n'avez pas le droit de retourner votre savoir contre un des fils de votre village, même s'il s'agit d'un déserteur.

— Cœur de pierre, comment oses-tu parler des règles sacrées de Sinanju alors que tu traînes derrière toi ton infamie comme une odeur d'excrément dans le vent ? Ose encore me rappeler les règles.

— Il n'est pas mort et ne mourra pas, informa Nuihc d'une voix tremblante.

« Etrange, se dit Remo, il ne devrait pas avoir peur. » Il a dû apprendre à le combattre, puisque avec l'arrogance elle est l'ennemie que les Maîtres de Sinanju nous apprennent à vaincre. Il s'étonna encore plus de la vantardise de Chiun et de ses insultes envers Nuihc. Il lui avait pourtant souvent répété que menacer un homme revient à lui donner un bouclier. Que de lui cracher des injures au visage lui fournit une énergie nouvelle, sauf évidemment, quand on peut, par la provocation, faire naître une fureur aveugle chez son adversaire. Ce n'était pas le cas de Nuihc dont la voix restait calme. Chiun devait donc savoir que Nuihc ne se laisserait pas prendre à des paroles de paix et endormir par une attitude de faiblesse.

— Pars, ordonna Chiun.

— Je partirai, mais il me reste dix ans pour vous enlever votre élève si doué.

— Pourquoi me prévenir de tes intentions ?

— Parce que je vous hais vous et votre père et toute votre lignée en remontant jusqu'au premier Maître de Sinanju.

Remo entendit de légers pas s'éloigner précipitamment dans le couloir. Il essaya de crier à Chiun de l'arrêter, mais, même s'il avait pu, il se demanda si cela aurait servi à quelque chose. Il sentit les mains de son maître lui masser le dos avec adresse et rapidité. L'horrible douleur paralysante s'atténua, il put remuer la tête, puis les épaules.

— Maintenant tu peux bouger.

Avec des étirements douloureux dans le dos, Remo s'assit en grimaçant. Il essaya de ne pas montrer combien il souffrait, parce qu'il ne voulait pas que son petit père le voie succomber à la douleur.

— Toujours se dépêcher, courir. Tu es un vrai Américain, tu ne pouvais donc pas attendre cinq petites années ? Ce n'est pas grand-chose.

— Je devais faire mon boulot.

— Ne commets pas cette erreur à nouveau. Quoique je te respecte pour ce que tu as fait. La prochaine fois tu seras prêt pour Nuihc. Et tu feras ce que moi je ne peux faire, tuer un membre de mon village.

— Mais je vous ai entendu le menacer !

— Tu entends beaucoup de choses idiotes. Fais taire ta langue insolente. Nuihc a commis une grave erreur, il a parlé de dix ans. Il s'est trompé, ce sera cinq ans. A votre niveau une faute de ce genre est capitale.

— Qu'arrivera-t-il s'il revient avant cinq ans ?

— On fuira. Le temps travaille pour nous. Pourquoi renoncer à notre avantage ?

— Oui, petit père.

Une chose perturbait encore Remo.

— Vous pensiez vraiment ce que vous disiez en parlant de moi, qu'un jour je serai meilleur que les maîtres de Sinanju, malgré que je ne sois pas Coréen ?

— Non, répliqua Chiun, il ne s'agissait que d'une chanson pour ton moral.

— Je ne vous crois pas.

— Tais-toi. Tu as failli détruire en quelques secondes d'inconscience un travail de plusieurs années. Ne penses-tu pas que cela suffise pour aujourd'hui ?

Remo se tut et se leva très péniblement.

— C'est très bien, dit Chiun, la douleur est une excellente école, ce que ton esprit n'a pu saisir, ton corps, lui, ne l'oubliera pas. Souviens-toi de ceci dans ta souffrance, ne te précipite jamais. Le temps est, soit ton allié, soit ton ennemi.

— Je dois aller terminer certaines choses, petit père.

— Eh bien, va, mais dépêche-toi, car une chemise, même si elle est nouée par moi, n'est pas le meilleur pansement.

CHAPITRE XVII

Remo monta sur l'estrade sous les acclamations des délégués installés dans l'immense auditorium du nouvel immeuble. Il leva les bras, essayant de faire taire les applaudissements. En vain. Il se contenta donc de sourire aux caméras de télévisions, aux photographes qui le fusillaient de leur flash et bien sûr à son auditoire.

Malgré la chaleur et l'ambiance survoltée, il garda sa veste boutonnée pour dissimuler le pansement que Chiun avait fait avec sa chemise. La douleur constante et violente ne l'empêchait pas de sourire. Il adressa un signe de la tête aux trois présidents des autres syndicats, assis sur l'estrade un peu plus loin, sourit au ministre du travail et aux quelques délégués qu'il connaissait personnellement en insistant tout particulièrement en direction de Abe « Pied-de-Biche » Bludner qui paraissait être celui qui s'époumonait le plus en sa faveur.

L'auditorium, quoique plus petit que celui du Palais des Congrès, était suffisant pour accueillir tous les représentants.

Remo saisit le micro, se pencha légèrement, faisant comprendre qu'il allait parler. La foule se calma peu à peu. Il entonna :

— Frères routiers. J'a une triste nouvelle à vous annoncer.

Remo s'arrêta pour que tous se taisent et concentrent leur attention sur lui. Il regarda quelques personnages-clé, avec qui il s'était entretenu auparavant. Eux connaissaient déjà la nouvelle : Gene Jethro avait déserté le champ de bataille. Ils l'avaient cru sur parole, sans preuves, car ils n'avaient aucune raison de ne pas le faire.

L'entrevue avait eu lieu dans un petit salon pendant que les autres représentants continuaient de remplir l'auditorium. Remo leur avait tenu le langage suivant :

— Vous avez le choix : ou le vice-président prend la succession, ou vous en profitez pour vous placer. Vous savez bien que le vice-président n'est qu'un pâle figurant.

Les interlocuteurs approuvèrent de la tête.

— La seule façon d'éviter l'anarchie à la Convention est de choisir, tout de suite, un nouveau président. Sinon, ce sera un bordel épouvantable. Il nous suffit de nous mettre d'accord sur quelqu'un dès maintenant et le syndicat est à nous. C'est à vous de décider, Jethro a laissé tomber. Qu'en dites-vous ?

Dans la confusion et l'incertitude du moment, l'un d'entre eux offrit le poste à Remo. Ce dernier refusa en secouant la tête :

— Je connais quelqu'un qui serait parfait pour le job.

Tout ceci avait eu lieu une heure auparavant, et maintenant il faisait face à tous les délégués rassemblés, sachant qu'il pouvait, s'il le voulait, semer le plus grand désordre parmi eux. Il contempla un instant le mur du fond par-dessus la fumée bleutée des cigarettes, puis reprit :

— La triste nouvelle est celle du départ de notre nouveau président Gene Jethro. Il vient de démissionner et de quitter le pays. Il m'a laissé un message. Remo agita une feuille de papier pour appuyer ses dires. Elle était blanche mais personne ne s'en aperçut.

— Je ne vais pas vous le lire car les termes n'expriment pas assez bien l'amour profond que Gene Jethro nous portait, à nous, au syndicat, aux mouvements des travailleurs en général et à notre pays. Les mots sont bien insuffisants pour traduire une telle passion. Il m'a expliqué qu'il craignait d'être trop jeune pour porter le fardeau écrasant de la présidence. Oui, voilà ce qu'il m'a dit. J'ai essayé de le convaincre que l'âge n'était pas seulement une question d'années et que son courage, son honnêteté, son dévouement faisaient de lui cet homme de poids dont nous avons besoin. En vain. Il m'expliqua que maintenant, après avoir emporté l'élection, il avait subitement pris peur. Il a donc décidé de se retirer loin de tout pour réfléchir calmement. Voilà pourquoi il démissionne.

Sur ce, Rémo déchira la feuille.

Une rumeur de surprise envahit la salle. Seuls les délégués déjà au courant se taisaient. Ils attendaient que Remo remplisse sa part du contrat.

— Nous ne pouvons rester sans président au milieu de la tempête syndicale. Nous ne pouvons nous défendre sans chef. Parmi nous, il y a un homme qui a fait son chemin. Un homme qui est toujours resté près des routiers, les a défendus, les a soutenus et les a guidés durant de nombreuses années. Un homme qui sait appliquer la force quand il le faut mais qui sait aussi pardonner. Un homme pour qui le syndicalisme n'a pas de secret, qui a été fidèle même dans les périodes les plus noires. Il nous faut cet homme pour remplacer Gene Jethro. Je viens de le nommer : notre président de New York, Abraham Bludner !

Au même moment qu'était prononcé le nom de Bludner, les délégués réunis auparavant dans le petit salon se levèrent pour entraîner leurs hommes dans une démonstration spontanée dans les allées de l'auditorium. Peu à peu le nombre des manifestants grossit car, voyant naître un nouveau pouvoir, personne ne tenait à ce qu'un jour ou l'autre on lui fasse remarquer qu'il était resté assis quand Abe Bludner avait eu le plus besoin de lui.

Remo fit signe aux hommes qui portaient Bludner sur leurs épaules de monter sur le podium. Bludner avait été le premier au courant de sa prochaine élection à la présidence nationale de son syndicat. Avant de rencontrer la douzaine de délégués dans le petit salon, Remo s'était entretenu en tête à tête avec Bludner dans le jardin d'hiver de Nuihc. Bludner, un peu surpris par cet étrange environnement de plantes vertes, était plutôt soupçonneux. Remo lui fit comprendre d'un haussement d'épaules que lui aussi trouvait cet endroit assez bizarre. Puis il attaqua ce qu'il voulait régler une bonne fois pour toutes.

— Aimerais-tu devenir le président de l'Internationale des Routiers ?

— Je serai trop vieux dans quatre ans, mon garçon.

— Pas dans quatre ans, cet après-midi même.

— Et Jethro ?

— Jethro a eu quelques complications familiales. Il n'est plus dans le coup du tout.

— Oh ! s'exclama Bludner, ce sont des choses qui arrivent.

— En effet, ce sont des choses qui peuvent arriver.

— Que veux-tu en échange ? demanda Bludner.

— Quelques petits services.

— Je m'y attendais, mais lesquels ?

— Tu ne sais pas pour qui je travaille, et nous en resterons là sur ce chapitre. En revanche, tu dois savoir que les présidents des trois autres syndicats ont l'intention de fusionner avec vous. Cette union devait être annoncée aujourd'hui lors de la séance de clôture. C'était le projet de Jethro. Ce genre de projet entraîne généralement des complications familiales, tu me suis ?

Bludner le suivait pas à pas sans la moindre difficulté.

— Bon. Je pense qu'il faut à tout prix éviter la fusion. Tu es bien d'accord ?

— Absolument, répondit Bludner, risquer de perdre notre liberté, ah jamais !

— De temps en temps l'organisation pour laquelle je travaille a besoin d'être tenue au courant de ce qui se passe. Elle n'a rien contre votre syndicat, et vous n'avez rien à craindre tant que vous défendez l'indépendance inter-syndicale. Tu seras d'ailleurs rémunéré pour les informations transmises.

Bludner réfléchit un instant puis acquiesça de la tête.

— Quelqu'un entrera en contact avec toi. Tu ne parles jamais de moi, tu ne m'as jamais connu, c'est compris ?

— Tu nous quittes ?

— Tu veux être président, Abe, n'est-ce pas ?

— J'en rêvais et puis, passé quarante-cinq ans, j'ai abandonné. Je dirigerais ce syndicat et comme ma cellule avec un peu plus de classe. Mais pas trop, sinon je risquerais de perdre mon mandat, ajouta-t-il en souriant.

— J'ai besoin de connaître les noms des délégués-clé qui peuvent nous aider à remporter ton élection sans problème.

Bludner les lui nomma et lui suggéra de les rencontrer ailleurs que dans ce jardin car ils ne comprendraient pas très bien et cela risquerait de les indisposer. Remo fut tout à fait d'accord.

Lors du mini sommet tous acceptèrent la candidature de Bludner et l'affaire se régla rapidement. Quant au vice-président, tout le monde pensa que ce n'était qu'un poids léger qui pourrait facilement être persuadé de renoncer à son mandat. Il y aurait bien sûr des plaintes en justice déposées par les dissidents mais les avocats se chargeraient de faire traîner et Bludner aurait largement le temps de consolider son autorité sur le plan national comme il l'avait fait plusieurs années auparavant sur le plan local.

Remo avait choisi un type bien. Il regarda les hommes monter sur le podium, portant toujours Abe Bludner sur leurs épaules. Bludner leur donna quelques petites tapes sur la tête pour leur faire comprendre qu'il voulait descendre. Il fut accueilli sur l'estrade par un rugissement massif de la salle. Remo le serra dans ses bras et ils s'étreignirent plusieurs fois. Tout en souriant à la foule Remo, du coin des lèvres, lui glissa :

— Tu vivras aussi longtemps que tu respecteras notre accord.

— C'est compris, mon garçon.

Remo jeta un regard aux trois autres présidents assis derrière lui. Eux aussi seraient raisonnables, même celui qui malgré une cinquième côte douloureuse se tenait droit et souriant.

Lorsque le bruit se fut un peu calmé, Remo hurla dans le micro :

— Nous allons procéder à l'élection d'Abe Bludner pour la présidence. Ceux qui sont pour Abe disent oui.

L'auditorium explosa.

— Ceux qui sont contre disent non.

Il n'y eut qu'un seul non qui ne fit qu'accentuer le ridicule de la situation.

— Elu à l'unanimité des voix : Abe Bludner !

Il y eut une nouvelle démonstration de joie. Remo calma l'assemblée.

— Avant de laisser la parole à mon vieil ami Abe Bludner, votre nouveau président, j'aimerais vous dire quelques mots.

Remo jeta un regard vers le balcon. Il y vit quelques femmes de routiers ici et là. Il pensa à Chris en train de l'attendre au bar de l'aéroport. Ce serait en vain car il n'irait pas la chercher. Des agents du FBI s'y rendraient à sa place. La déposition de Chris mettrait un point final à la carrière des trois autres présidents. Elle apporterait la preuve qu'ils ont détourné les fonds syndicaux pour construire l'immeuble de Nuihc Street, pour un autre organisme. Ça mettrait, par la même occasion, fin à l'idée dangereuse du super-syndicat. Et d'ici peu de temps Remo Jones lui aussi cesserait sa carrière brillante de secrétaire général et de militant syndical. Il changerait à nouveau de visage et n'aurait jamais cette maison ni la famille dont il rêvait. Pas plus qu'il ne pourrait manger un hamburger bourré de glutamate monosodique. C'est la vie. Son sort était joué, et rien ne pourrait changer quoi que ce soit.

— Je tiens à vous dire quelque chose qui me tient très à cœur, dit Remo. Sa voix était ferme et directe sans intonations d'orateur. On parle beaucoup des Etats-Unis et de ses richesses et aussi de la décadence qui la guette comme Rome autrefois. Les gens aiment dire que nous sommes riches et gras mais faibles. Je voudrais vous poser une question, d'où nous vient cette richesse ? L'avons-nous trouvée dans la rue par hasard ? Nous est-elle tombée du ciel ? Non, c'est vous qui êtes la richesse de ce pays. Vous qui faites de cette nation la première puissance mondiale. D'autres continents possèdent des richesses naturelles bien supérieures aux nôtres mais ils restent sous-développés. Vous n'avez qu'à regarder l'Amérique du Sud, l'Afrique. Même la majeure partie de l'Asie. La vraie richesse d'un pays est le courage et la volonté de ses habitants. La force de ce pays réside dans l'espoir qu'il offre à chacun d'entre nous. Vous représentez les routiers, vous faites partie de ce capital humain, de cette force. Il vous faut lutter pour maintenir l'espoir. Je pense sincèrement que c'est un honneur que de mourir pour cela.

La dernière phrase leur sembla un peu trop mélodramatique, même si c'était le ton habituel des discours dans les conventions. Ce qu'ils ne pouvaient deviner, c'est qu'ils ne venaient pas d'entendre une chanson mais une réalité qu'ils ne soupçonnaient même pas.

Certains d'entre eux crurent voir des larmes dans les yeux de leur secrétaire général. Certains dirent même qu'ayant quitté l'immeuble, il pleurait dans la rue, ouvertement. Aucun d'entre eux ne le revit par la suite.

ANTOINE DOMINIQUE

LE GORILLE

... revient à la charge. Avec des épisodes mouvementés, des affaires ultra secrètes. Le jeu des barbouzes féroces et sympathiques. La valse des services secrets.

Chez votre libraire :

1 OISEAUX DE NUIT
2 LE GORILLE VOUS SALUE BIEN*
3 LE GORILLE ET L'AMAZONE*
4 IRISH MIC MAC
5 TROIS GORILLES*

* rééditions

IMPRIMÉ EN FRANCE PAR BRODARD ET TAUPIN
7, bd Romain-Rolland - Montrouge.
Usine de La Flèche, le 30-03-1978.
1746-5 - N° d'Editeur 10411, 2e trimestre 1978.